Cosette

Handzahm

– Erotik –

2. Auflage September 2010
Titelbild: Roman Kasperski

©opyright 2009 by Cosette

Lektorat: Franziska Köhler
Satz: nimatypografik

ISBN: 978-3-86608-129-1

Hat Dir das Buch gefallen? Schreib uns
Deine Meinung unter: gelesen@ubooks.de

Möchtest Du über Neuheiten bei Ubooks informiert
bleiben? Einfach eine Email mit der Postadresse an:
katalog@ubooks.de

Ubooks-Verlag | Wellenburger Str. 1 | 86420 Diedorf
www.ubooks.de

Inhalt

Handzahm

Der köstliche Duft von gebratenen Eiern weckte Yvonne. Wie konnte das sein? Sie lebte doch alleine. Mit geschlossenen Augen lag sie im Bett, verwirrt. Je wacher sie wurde, desto mehr Erinnerungen kehrten zurück.

Sie war gestern Abend mit ihrer Freundin Carola in den stylischen New York Club gegangen, um in dem coolen Ambiente so richtig abzufeiern. Es war Freitagabend, ihr Tag im Städtischen Krankenhaus Bogenhausen war furchtbar gewesen. Sie liebte ihren Job als Krankenschwester, dennoch hätte sie lieber in einer anderen Station Dienst getan, doch in ganz München hatte sie nur eine Stelle in der Gerontopsychiatrie ergattern können. Wenn Yvonne schon die meiste Zeit mit alten Menschen mit Behinderungen und psychischen Erkrankungen zu tun hatte, wollte sie abends wenigstens so tanzen gehen, als gäbe es kein Morgen mehr.

Außerdem hatte es etwas zu feiern gegeben.

Doch der Abend hatte sich anders entwickelt ...

Sie blinzelte. Draußen schien die schönste Aprilsonne. Der Wecker, der auf dem Nachttisch stand, zeigte zehn Uhr. Klappern war aus der Küche zu hören. *Er* musste Frühstück machen.

Wie war noch gleich sein Name?

Yvonne konnte sich nicht an seinen Vornamen erinnern, sehr wohl aber an sein Aussehen, denn sein Gentleman-Look hatte sie verführt und willig gemacht für den Gebieter, der in seinem Inneren gelauert hatte. Er besaß dieses gewisse Etwas, sowohl in seinem Auftreten – höflich, selbstsicher und ein wenig geheimnisvoll – als auch in seinem Erscheinungsbild. Seine schwarzen Haare waren zurückgegelt, die obersten Knöpfe seines braunen Hemdes offen. Lässig trug er seine Jacke über die Schulter geworfen und roch angenehm maskulin. Was Kleidung und Aftershave betraf, bewies er einen guten Geschmack. Und beim Sex bevorzugte er das Außergewöhnliche.

Dann fiel Yvonne ein, dass sie ihn nach seinem Namen gefragt hatte.

«Warte», sie hielt abwehrend die Hand vor ihr Gesicht, als sie im Korridor des Mietshauses, in dem sie wohnte, wild herumknutschten.

«Bevor wir nach oben gehen, möchte ich wenigstens deinen Namen erfahren.»

Er lachte. Amüsiert packte er ihr Handgelenk und drückte ihren Arm gegen die rau verputzte Wand. «Nenn mich einfach *mein Herr und Gebieter.*» «Du spinnst», hatte sie gesagt. Doch als er seine Hand in ihren schulterlangen blonden Haaren vergrub, ihren Kopf fixierte und sie hart küsste, war sie nicht mehr so sicher, ob es bloß ein Scherz war.

Schon zu diesem Zeitpunkt hätte Yvonne spüren müssen, dass dieser One-Night-Stand anders als die anderen zuvor werden würde. Kein 60-Minuten-Fick. Das Vögeln hatte die ganze Nacht gedauert, und es war anders gewesen, als sie es sich vorgestellt hatte.

Es hatte schon damit begonnen, dass er sie aufs Bett geworfen, ihre Hände in die Matratze gedrückt und seinen Gürtel aus der Hose gezogen hatte. Bevor sie sich wehren konnte, hatte er ihre Handgelenke an die Bettpfosten gebunden. Er fragte sie nicht, ob sie damit einverstanden war, sondern fesselte sie mit solch einer Selbstverständlichkeit, dass es Yvonne schon wieder imponierte.

Trotzdem bekam sie Angst. War es ein Fehler gewesen, den Fremden mit zu sich nach Hause zu nehmen? «Ich will das nicht.»

«Das wird sich bald ändern.» Er legte seinen Zeigefinger an ihre Lippen. «Ich werde dich unterwerfen, über dich herrschen und dir deine Sinne rauben, indem ich dich ficke wie kein Kerl zuvor.»

«Wir kennen uns doch kaum.»

Er küsste sie zärtlich und strich ihr einige blonde Strähnen aus der Stirn. «Ich werde deine Lust in neue Sphären heben. Dass du die Art Frau bist, die mit mir harmoniert, habe ich gleich gesehen. Dein scheuer und dennoch neugieriger Blick hat mich vom ersten Moment an fasziniert. Alles, was du brauchst, ist etwas Anleitung, einen Meister der Geilheit, der dir neue Türen öffnet.»

Yvonne wurde heiß und kalt. Sie konnte kaum glauben, was sie da hörte! Ein lustvolles Prickeln floss durch sie hindurch und spülte einen Großteil ihrer Furcht weg.

«Ich verspreche dir, du wirst auf deine Kosten kommen. Ich werde dich innerhalb einer Nacht so handzahm machen, dass du mich schon morgen früh anbetteln wirst, dich nicht zu verlassen.»

Wie recht er gehabt hatte!

Er stand vom Bett auf und wanderte suchend durch ihre Wohnung. «Spielzeug, ich liebe Spielzeug», murmelte er dabei und lachte.

Dass er keine Matchboxautos und Barbiepuppen meinte, wurde ihr schnell bewusst, denn er sammelte Dinge ein, die für Yvonne Gegenstände des normalen Gebrauchs waren und weder etwas mit spielen noch mit vögeln zu tun hatten.

Majestätisch trug er den Rattandeckel ihres Wäschekorbs umher und legte die Utensilien darauf, als wären es kleine Kostbarkeiten. Als er zum Bett zurückkehrte, stellte er den Deckel auf ihrem grasgrünen Cocktailsessel ab, den Yvonne erst vor einer Woche günstig auf dem Flohmarkt im Zenith erstanden hatte. Doch er drehte den Sessel so, dass die Lehne ihr den Blick auf die Sachen, die er benutzen würde, verwehrte.

«Winkel die Knie an und heb die Füße!», befahl er. «Knie an die Brust.»

Sie befolgte seine Anweisung halbherzig, weil sie nicht wusste, was sie zu erwarten hatte. Diese Unsicherheit machte sie nervös, aber ihre Möse reagierte komischerweise ganz anders, als wäre sie ein eigenständiges Wesen und nicht Teil ihres ängstlichen Körpers. Ihr Fötzchen wurde heiß. Er musste es nicht einmal berühren und dennoch schoss das Blut in ihre Muschi und ließ sie anschwellen.

Unvermittelt packte er eines ihrer Fußgelenke, wickelte blitzschnell einen Gürtel darum, den er aus ihrem Kleiderschrank genommen haben musste, und fesselte ihr Bein an das Gitter hinter ihrem Kopf.

«Autsch.»

«Wenn du meine Befehle nicht sauber ausführst, muss ich Gewalt anwenden. Hast du das verstanden?»

Ungläubig betrachtete Yvonne ihr lang gestrecktes Bein. Ihr Knie befand sich neben ihrem Kopf. Ihre Möse klaffte weit offen. Ihr Rücken tat weh. «Ich bekomme bestimmt einen Krampf im Bein.»

«Entspann dich», sagte er sanft und blies seinen heißen Atem gegen ihre Scham.

Ein Kribbeln floss durch ihre Möse. Wenn schon sein Atem derart sinnlich war, wie mochte sich erst das anfühlen, was er noch mit ihr vorhatte? Sie versuchte, ihre verkrampfte Muskulatur zu lockern.

Ihr Herr fesselte nun auch ihr zweites Bein an das Gitter hinter ihr.

Die Position war nicht nur unbequem, sondern Yvonne präsentierte ihm dadurch auf eine so obszöne Weise ihr Fötzchen, wie sie es noch nie einem Kerl dargeboten hatte. Sie kam sich liederlich vor, verdorben, und es fühlte sich verdammt gut an.

Der Fremde hatte nun freien Zugang zu ihren Öffnungen. Er konnte sie nach seinem Willen benutzen, konnte sie mit dem füllen, was ihm beliebte, und sie musste es ertragen. Eine völlig neue Situation für Yvonne. Sie verspürte eine erregende Nervosität. Ihr Magen rebellierte gegen die beiden Caipirinhas, die sie getrunken hatte. Wäre sie nicht gefesselt gewesen, hätte sie ihrem Bewegungsdrang nachgegeben – vielleicht wäre sie im Zimmer auf und ab gegangen –, um ihre innere Unruhe loszuwerden. Doch so konnte sie nur abwarten und schauen, was er als Nächstes mit ihr vorhatte.

Er kniete sich ans Fußende des Bettes, und somit vor ihre Kehrseite, und betrachtete eingehend die Täler und Berge ihrer Möse. Ja, er beschnupperte sie sogar. Als er ein einziges Mal durch ihre Falten leckte, seufzte Yvonne wohlig. Er wollte sie wohl kennenlernen, da unten.

Gefühlvoll drückte er Daumen und Zeigefinger auf ihre Klitoris und ließ seine Finger kreisen.

Yvonnes Beine wollten sich instinktiv schließen, doch die Fesseln hinderten sie daran. Ihre Schenkel zuckten und Yvonne stöhnte. Dieser Mann war so zärtlich, er massierte sie so gemächlich, dass die Lust sich langsam, aber stetig aufbaute und sich in ihrem Fötzchen verteilte.

Ein sanftes Prickeln kitzelte ihre Schamlippen. Blut floss hinein, ließ sie anschwellen. Yvonne spürte, wie sich ihr Lustsaft in ihrem vorderen Loch sammelte. Wie lange würde es dauern, bis ihr Saft über die Ufer trat? In dieser Position, mit nach oben gestrecktem Unterleib, war ihr Möseneingang wie ein Kelch, der sich langsam von selbst füllte.

Das wohlige Gefühl in ihrem Fötzchen breitete sich in ihrem ganzen Körper aus. Die Geilheit wanderte von ihrem Lustzentrum aus in andere Regionen, sie machte Yvonne weich und willig.

Der Fremde hatte sie im Club hemmungslos abgeleckt. Ein, zwei Mal war seine Hand wie beiläufig zwischen ihre Beine geglitten, um dort über ihre Hose zu reiben, und während er mit den Knöpfen ihrer Bluse gespielt hatte, hatte sich immer wieder der kleine Finger zu ihren Nippeln verirrt, die bereits hart unter dem Stoff waren. Genauso wie in diesem Augenblick, nur dass sie jetzt nackt waren wie der Rest von Yvonne auch.

Stöhnend warf sie den Kopf von einer Seite auf die andere. Ihr Fötzchen pulsierte lustvoll. Noch immer massierten seine Finger ihren Kitzler. Wollte er sie ohne Umschweife zum Höhepunkt bringen? Normalerweise brauchte sie ein ausgiebiges Vorspiel, um richtig auf Touren zu kommen. Im Club hatte er ihren Mund so heftig ausgeleckt, dass dieser sich danach ganz trocken angefühlt hatte. Anders als jetzt. Jetzt war sie feucht: zwischen ihren Beinen, unter den Achseln – das exotische Odeur ihres Deos mischte sich mit ihrem Mösenduft – und es sammelte sich sogar vermehrt Speichel in ihren Wangen.

Plötzlich hörte er mit der Stimulation auf und schlug mit der flachen Hand auf ihre Arschbacke.

Yvonne erschrak. Es hatte nicht wehgetan, sie war nur nicht darauf vorbereitet gewesen. Der Schlag war so unvermittelt gekommen und aufgrund der Intimmassage war er das Letzte, mit dem sie gerechnet hatte.

Der Kerl schien unberechenbar zu sein. Das machte ihr Angst, machte sie aber auch neugierig und geil.

Er drückte ihre Schamlippen zusammen und ließ seine Hand rotieren, sodass ihr Kitzler indirekt von dem Häutchen, das ihn umgab, gestreichelt wurde.

Yvonnes Lust schwoll wieder an, nachdem der Schreck ihre Erregung kurzzeitig gedämpft hatte.

Doch kaum war ihr wieder ein Stöhnen entfahren, entfernte er sich von ihrem Fötzchen und klatschte seine Hand erneut auf ihre Kehrseite, haargenau auf dieselbe Stelle wie zuvor.

«Was ...?», brachte Yvonne gerade noch hervor, als er zwei Finger in ihre nasse Öffnung steckte. Eine Weile fickte er sie mit Mittel- und Zeigefinger, dann zog er sie wieder heraus und schlug Yvonne erneut, diesmal fester.

«Du kannst mehr vertragen», stellte er lapidar fest und schob einen dritten Finger in sie hinein. Seine Augen funkelten erregt, als er stärker presste und dabei ihre Vagina dehnte. «Aber deine Klitoris werde ich vorerst nicht mehr anfassen, sonst kommst du mir noch.»

Seine Stimme war so dunkel, männlich, rau von seiner eigenen Geilheit, und er sprach all diese obszönen Dinge aus, als würde er dies jeden Tag machen. Vielleicht tat er das ja auch. Sie wusste rein gar nichts von ihm, nur dass er ihr eine neue Art zu vögeln zeigen würde. Und ihr gefiel das, was er mit ihr anstellte, bisher unglaublich gut. Auch wenn sie sich vor den Schlägen fürchtete, die nun hart und regelmäßig kamen, immer auf ein und dieselbe Stelle, die bereits wie Feuer brannte, war die Stimulation zwischen dem Schmerz immer noch himmlisch.

Erstaunt wurde ihr bewusst, dass sie sich nach dem nächsten Schlag sehnte, weil er die darauf folgende Lust ankündigte.

Inzwischen blieb ihr kaum noch Zeit zum Atmen. Geilheit und Schmerz wechselten sich stetig ab. Er keuchte vor Anstrengung, Yvonne selbst stöhnte unentwegt. Irgendwann kamen die Schläge so schnell, dass sie gleichzeitig geschlagen und sexuell stimuliert wurde. Leid und Lust verschmolzen, wurden eins. Sie konnte sie nicht mehr auseinanderhalten.

Als hätte der Fremde ihre Gedanken erraten, hörte er auf und sagte: «Ich werde dich dazu erziehen, den Schmerz herbeizusehnen, werde dich dazu bringen, geil zu werden, wenn du gequält wirst.»

«Warum?», fragte sie nach Luft ringend.

Er wischte sich mit dem Hemdärmel über die Stirn. «Weil ich weiß, dass diese Fähigkeit in dir steckt, und es mich anmacht, dich leiden zu sehen. Es wäre eine verdammte Verschwendung, wenn du deine wahre Bestimmung, eine Lustsklavin zu sein, niemals erkennen würdest.»

Yvonne riss die Augen weit auf. «Eine Sklavin?»

«Geilheit auf beiden Seiten, niemals bloß einseitig, immer in beidseitigem Einverständnis.»

Leise Zweifel regten sich in ihr. Sie hob den Kopf, um ihn besser sehen zu können. «Dann würdest du mich losbinden, wenn ich dich darum bitten würde?»

«Möchtest du das denn?» Er tauchte seinen Zeigefinger in ihr Fötzchen, zeigte ihr, wie feucht sie war, und kostete von ihrer Nässe. Schmunzelnd strich er über ihre Schamlippen, die wie elektrisiert prickelten, und knetete ihren Schamhügel.

Yvonne war plötzlich wieder hellwach. Jetzt hatte sie noch die Möglichkeit einen Rückzieher zu machen. Er würde sie losbinden, und sie ihn rauswerfen. Zumindest wäre es ein Test, ob er zu seinem Wort stand. Aber sie brachte es nicht fertig, ein simples Ja über die Lippen zu bringen. Sie wollte Sex mit ihm, wollte mit diesem außergewöhnlichen Spiel weitermachen!

Sie presste die Lippen aufeinander und schüttelte den Kopf.

«Hab ich's mir doch gedacht.» Er langte nach den zusammengesuchten Sachen und dann hielt er das Kindernudelholz, das sie in Erinnerung an die Kuchenbackorgien mit ihrer Mutter behalten hatte, in der Hand. Es war klein und handlich. Er löste das Innenstück, legte die Griffe beiseite und hielt den Teigroller an ihre Scheide.

Mit sanften Drehbewegungen schraubte er die Holzrolle in sie hinein. Sie dehnte Yvonne und presste ihren Mösensaft heraus. Er zog das Nudelholz wieder heraus, wartete, bis sich ihre Scheide wieder zusammengezogen hatte, und drückte es ein zweites Mal hinein. Dann begann er, Yvonne rhythmisch mit der kleinen Rolle zu penetrieren.

Sie gewöhnte sich an den harten Eindringling und genoss sogar den Druck der Dehnung. Ihre Muskulatur wurde immer lockerer.

Als er sie in den Oberschenkel kniff, zuckte sie zusammen und warf ihm einen zornigen Blick zu. Daraufhin zwackte er sie in das andere Bein, ohne mit der Penetration aufzuhören. Dann und wann verirrten sich seine unbarmherzigen Finger zu ihrer Möse und zwickten ihre großen Schamlippen, gleich neben dem Nudelholz, dass immer wieder in sie eindrang und sie dehnte.

«Bald werden Lust und Schmerz ein und dasselbe für dich sein», sagte der Fremde mit betörender Stimme. «Du wirst das eine nicht mehr ohne das andere wollen.»

Erregt wand Yvonne sich auf dem Bett, soweit ihre unbequeme Position das zuließ. Dabei behielt sie zuerst seine Hand, die sie in unregelmäßigen Abständen kniff, wachsam im Blick. Dann schwemmte ihre wachsende Geilheit ihre Aufmerksamkeit weg und sie schloss die Augen. Jedes Mal, wenn er sie zwickte, erschrak sie, doch durch ihre Lust ebbte der Schmerz, der sowieso nicht allzu stark war, schnell ab. Es war zu ertragen. Es war geil.

Als ein schmerzhafter Stich in ihre Schulter schoss, gab sie einen Laut von sich, der ihn dazu brachte, innezuhalten. «Was ist los? Ich habe nicht vor, dich zu überfordern, besonders nicht beim ersten Mal. Heute sollst du nur begreifen, was ich damit meine, wenn ich davon spreche, dich zu meiner Lustsklavin zu machen, und einen klitzekleinen Vorgeschmack darauf bekommen. Die Herausforderungen werden mit jedem Treffen höher.»

Er ging also fest davon aus, sie wiederzusehen? «Meine Schulter», ächzte sie. «Mein Körper ist es nicht gewohnt, so verbogen zu werden.»

«Auch daran werden wir arbeiten. Beim nächsten Mal werde ich dich verschnüren wie ein Paket.» Schmunzelnd legte er das Nudelholz weg und band ihre Beine los, nicht aber ihre Arme.

Yvonne war erstaunt, dass er ihre Schultern massierte, um die Muskulatur zu lockern. Er kam dabei immer höher gekrochen, bis er schließlich neben ihrem Gesicht saß. Dann kniete er sich aufs Bett, und schließlich setzte er sich auf ihren Oberkörper – ein Bein rechts von ihr und eins links –, ohne sie mit seinem Gewicht zu belasten, sein Unterleib schwebte vielmehr über ihren Tittchen.

Er öffnete den Reißverschluss seiner Hose und sein harter Schwanz sprang heraus. Zufrieden strich er daran auf und ab, gab Yvonne Zeit, sein mächtiges Glied zu bewundern, und stieß dann mit der Eichel gegen ihre Lippen.

«Streng dich an! Mach deinen Job gut, sonst muss ich mir etwas für dich überlegen, was dir nicht gefallen wird», sagte er schroff.

Seine Laune schien sich von einem Moment auf den anderen geändert zu haben. Eben war er noch fürsorglich und nachsichtig gewesen, und jetzt drohte er ihr. Ein Beben ging durch ihren Körper. Sie konnte sich nicht erklären, was in ihm vorging, noch weniger, was in ihr vorging, denn es machte sie an, wenn er so mit ihr sprach. Es war etwas Neues, etwas, was sie zwar aus Filmen kannte, aber nie selbst erlebt hatte. Diese Bestimmtheit in seiner Stimme, dieser Ausdruck auf seinem Gesicht, der ihr das Fürchten lehrte, und dass er ihr unmissverständlich klargemacht hatte, dass er keinen Widerspruch duldete, weil das unschöne Konsequenzen für sie hätte.

«Ich würde dir nicht wehtun, denn für dich soll der Schmerz von jetzt an mit Geilheit verbunden sein, sondern dich erniedrigen, indem ich dich meine Rosette lecken lasse oder dich zwinge, meinen kostbaren

Natursekt zu trinken. Es gibt viele Methoden, um eine Lustsklavin gefügig zu machen», erklärte er tonlos und spie dabei jedes Wort hart und kalt aus.

Dann packte er ohne Vorwarnung ihre Haare und stieß seinen Schwanz in ihren Mund.

Yvonne war von seiner Drohung erschüttert. Sie hatte sich zuvor nie mit SM befasst und befürchtet, dass er sie mit einem Gürtel schlagen würde, um sie zu züchtigen. Doch nun stellte sie fest, dass sie nicht den blassesten Schimmer von SM hatte. Es gab erschreckenderweise mehr als eine Möglichkeit, sie gefügig zu machen.

Diese Aussicht machte ihr Angst, und diese Angst erregte sie auf bittersüße Art.

Deshalb leckte und saugte Yvonne wie verrückt an seinem steifen Penis. Ihre Zunge tanzte über die Eichel, die Spitze drang in die kleine Öffnung und ihre Lippen schoben die Vorhaut zurück. Sie nuckelte an seinem Glied und fuhr mit der Zungenspitze die Ader nach, die an der Seite hervortrat, dabei glitten ihre Lippen am Schaft hoch und runter.

Sie wurde immer feuriger. Speichel rann ihr aus den Mundwinkeln. Sie zerrte an ihren Fesseln, weil sie es gewohnt war, ihre Liebhaber auch mit den Händen zu verwöhnen, aber der Fremde hatte offensichtlich nicht vor, sie loszubinden, denn er schaute auf sie hinunter, beobachtete, wie sie mit ihrem Mund seinen Schwanz bearbeitete, und seine Geilheit spiegelte sich in seinem Blick.

Deshalb war sie erstaunt, als er sie anherrschte: «Hör auf! Press deine Lippen fest darauf!»

Yvonne tat, wie ihr befohlen.

Er packte ihre Haare und hob ihren Kopf etwas an. Dann begann er, ihren Mund behutsam zu ficken. Er benutzte sie einfach, verschaffte sich Erleichterung, indem er eine Öffnung missbrauchte, die nicht dazu gemacht war, gevögelt zu werden.

Verlegen schaute Yvonne auf seinen Bauch, der noch von seinem Hemd bedeckt war. Während sie vollkommen nackt und exponiert war, blieb er angezogen, ein Umstand, der ihr unangenehm war, weil sie sich dadurch noch entblößter fühlte, der sie jedoch gleichzeitig erregte, weil es seine Machtposition unterstrich.

Sie fühlte sich missbraucht und wollte es doch nicht anders, sie hätte sich nicht gegen ihn wehren können, selbst wenn sie gewollt hätte, was ganz sicher nicht der Fall war. Im Gegenteil, es machte sie an, wie er sich ihres Körpers bemächtigte, wie er mit ihr umsprang, und sie auf eine Weise nahm, wie es noch niemand zuvor gewagt hatte.

Es imponierte ihr, obwohl sie die Unterlegene war. Nein, weil sie die Unterlegene war.

«Fester pressen!» Wie um seinen Befehl zu unterstreichen, zog er an ihren Haaren.

Ungeniert fing er laut an zu stöhnen. Yvonne befürchtete, die Nachbarn könnten ihn hören, aber sie konnte ihre Bedenken nicht äußern, weil er seinen Schwanz immer tiefer in ihren Mund hineinstieß. Allerdings er es nicht, er kam nie an ihren Rachen, eine Besonnenheit, die erst allmählich in ihr Bewusstsein drang, denn er fickte ihren Mund hart.

Stoß um Stoß. Er rieb über Yvonnes Zunge, ihre Lippen fühlten sich schon wund an.

Plötzlich griff er mit seiner freien Hand nach hinten und befingerte ihre Möse. Er streichelte ihr Fötzchen mit seinen Fingerspitzen und rieb mit der flachen Hand über ihren Kitzler.

Ihr Becken begann ein Eigenleben zu entwickeln. Es hob und senkte sich, streckte sich der Hand entgegen und versuchte gleichzeitig, ihr zu entkommen, nur um sich danach wieder gegen sie zu drücken.

Als er unerwartet ihren Kitzler kniff, war es um Yvonne geschehen. Ein außergewöhnlicher Orgasmus überrollte sie, ein Höhepunkt, wie sie ihn noch nie erlebt hatte; ein schmerzhaftes Ziehen, das die lustvollsten Zuckungen nach sich zog und so gewaltig war, dass sie Mühe hatte, ihren Mund weiterhin um seinen Schwanz gepresst zu halten. Wie ein Aal wand sie sich unter dem Fremden und war genauso glitschig zwischen den Beinen, denn der Mösensaft lief ihr zwischen den Arschbacken hindurch.

Nur langsam beruhigte sie sich. Noch immer hob und senkte sich ihr Brustkorb. Wegen des Schwanzes in ihrem Mund fiel ihr das Atmen schwer. Sie schnaufte heftig, sog gierig Luft durch die Nase in ihre Lungen.

«Yvonne.»

Er sprach sie an, das holte sie aus ihrem Rauschzustand. Sie sah müde zu ihm auf.

In dem Moment spritzte er in ihrem Mund ab. Sein Körper war angespannt, aber er lächelte und ergoss sich dabei hemmungslos in sie.

Damit hatte Yvonne nicht gerechnet. Die Samenflüssigkeit lief aus ihren Mundwinkeln.

Noch immer vom Orgasmus ergriffen, gab er ihr eine sanfte Ohrfeige, Drohung und Ermunterung zugleich. «Schön schlucken. Das Sperma deines Herrn ist wie der kostbarste Champagner. Er schenkt es dir, du solltest für seine Großzügigkeit sehr dankbar sein, denn es ist etwas, was er nicht jeder schenkt, eine Intimität, die er nur mit seiner Sklavin teilt.»

Diese Worte machten sie stolz und glücklich. Ihr blieb sowieso nichts anderes übrig, als das Sperma brav zu schlucken. Es war ein komisches Gefühl, weil er immer noch ein Fremder für sie war und sie erst in einer festen Beziehung schluckte. Normalerweise. Aber mit diesem Mann war Sex nicht normal, sondern viel geiler.

Außerdem – er war ihr Herr!

Und nun stand er in ihrer Küche und machte Frühstück. Verrückter Kerl! Yvonne wollte aufstehen. Sie versuchte, die Fesselung ihrer Hände zu lösen, schaffte es aber nicht. Verunsichert legte sie ihren Kopf wieder auf dem Kopfkissen ab. Dieser Typ brachte sie total durcheinander. Gestern Nacht hatte er mit ihr gemacht, was er wollte, und war danach nicht gegangen, obwohl er voll auf seine Kosten gekommen war. Er hatte bekommen, was er wollte. Was hielt ihn noch?

Es war ein Spiel gewesen, oder nicht?

Als er ins Schlafzimmer kam, richtete Yvonne alarmiert ihren Oberkörper auf, doch er hatte nicht vor, ihre Erziehung weiterzuführen, sondern trug ein Tablett. Darauf standen Teller mit Rührei, knusprigem Bacon und zwei Scheiben Toast sowie ein Becher mit Schwarztee.

«Ich habe keinen Kaffee in der Küche gefunden, deshalb bin ich davon ausgegangen, dass du eine Teetrinkerin bist», sagte er und stellte das Tablett auf den Boden.

Yvonne imponierte die Selbstverständlichkeit, mit der er sich in ihrer Wohnung bewegte, als wäre sie sein Reich, sein Revier. «Das hat noch nie jemand für mich getan.»

«Du hast es dir verdient, weil du letzte Nacht sehr tapfer gewesen bist.» Er packte die Bettdecke und zog sie mit einem Ruck weg.

Instinktiv winkelte Yvonne ihre Beine an, weil sie nun splitterfasernackt vor ihm lag – immer noch gefesselt und ihm ausgeliefert.

«Spreiz deine Beine!», befahl er.

Der Tonfall, in dem er das sagte, erregte sie, weil er sie nicht cholerisch anschrie, sondern eine gewisse Härte in seiner Stimme war, die so natürlich klang, als wäre sie ihm angeboren. Sie gehorchte.

Er betrachtete ihre weit aufgeklaffte Scham und stellte schließlich das Tablett zwischen ihre Knie. Nun würde Yvonne ihre Beine nicht schließen können, ohne das Frühstück auf dem Bett zu verteilen.

«Ist das meine Henkersmahlzeit?», scherzte sie.

Aber er blieb ernst. Er nahm den Becher, blies hinein und nippte am Tee. «Du wirst ein Safeword bekommen, um damit eine Session abzubrechen, das heißt, ich werde die jeweilige Erziehungsmaßnahme beenden, dich in den Arm nehmen und dann reden wir über deine Gefühle. Danach entscheide ich, ob wir fortfahren oder ob du vorerst genug hast.»

Yvonne konnte nicht glauben, was sie da hörte. Er wollte aus dem Sexspiel von letzter Nacht eine feste Bindung machen oder wie auch immer man das nennen sollte.

«Das zweite Safeword wird dazu dienen, die Erziehung einzustellen.» Er hielt ihr die Teetasse an den Mund. Während sie trank, erklärte er: «Sprichst du es aus, wird alles vorbei sein. Alles, was ich dann verlange, ist ein klärendes Gespräch, danach werde ich auf Nimmerwiedersehen aus deinem Leben verschwinden.»

Der Schwarztee schmeckte kräftig und süß, genauso wie sie ihn liebte. «Du fragst mich gar nicht, ob ich die Erziehung überhaupt möchte.»

Schmunzelnd stellte er den Becher weg und schob Yvonne ein Stück knusprigen Bacon in den Mund. «Das brauche ich auch nicht. Ich kenne deine Antwort bereits. Und jetzt halt den Mund und iss, denn der Vormittag wird noch sehr anstrengend für dich werden, weil ich dich bestrafen muss.»

Yvonnes Puls beschleunigte sich sprunghaft. Diese bittersüße Angst ergriff sie wieder. «Weshalb, Herr? Was habe ich getan?» Hatte sie ihn gerade das erste Mal «Herr» genannt? Ja, hatte sie, und es fühlte sich gut an. Ihr Körper begann zu kribbeln.

«Du hast mir nichts von deinem geplanten Umzug erzählt», sagte er und fütterte sie dabei mit Rührei und Toast. «Ich hatte mich schon gewundert, warum eine junge Frau einen Mann einfach so mit zu sich nach Hause nimmt. Das ist nicht ohne Risiko. Er wüsste, wo sie wohnt, und könnte sie jederzeit wieder belästigen. Aber du hast dir gedacht, du brauchst keine Angst haben, weil du eh bald woanders wohnen wirst, aber da hast du falsch gedacht. Fürchte dich vor mir, Yvonne Maler, bald geschiedene Kröger, denn ich bin anders als die anderen Männer.»

Wie recht er hatte! Er kannte sie erst seit gestern und hatte sie trotzdem schon durchschaut. Sie wurde kreidebleich.

Er hatte ihre Scheidungspapiere entdeckt, hatte wahrscheinlich ihre Schubladen durchsucht und die meisten Schränke leer vorgefunden. Einen Großteil ihrer Sachen hatte sie bereits mit ein paar Freunden in die neue Wohnung geschafft. Nach der Trennung von ihrem Mann hatte sie fast vier Monate nach einer neuen Bleibe gesucht, weil die Mietpreise in München ihr Budget sprengten, und nur durch die Vermittlung ihrer Freundin ein kleines Apartment in Gronsdorf bekommen.

«Weil du mich absichtlich hinters Licht geführt hast, werde ich dir wehtun müssen», kündigte er vollkommen ruhig an. Er gab ihr einen Schluck Tee zu trinken und wischte ihr fürsorglich mit einer Papierserviette einen Tropfen vom Kinn. «Das siehst du ein, oder? Du darfst keine Geheimnisse vor deinem Gebieter haben.»

«Ja», antwortete sie atemlos. Sie fürchtete sich vor der ausstehenden Strafe und sehnte sie doch gleichzeitig herbei.

Unvermittelt schob er einen Finger in ihre Muschi, zog ihn wieder heraus und roch daran.

Yvonne zuckte erschrocken zusammen, doch das Tablett hielt ihre Schenkel gespreizt.

Zufrieden darüber, dass bereits seine Ankündigung sie nass gemacht hatte, leckte er lächelnd ihren Mösensaft ab. Er nahm die Sachen vom Tablett, ließ es jedoch auf dem Bett stehen, um Yvonnes Beine geöffnet zu halten. «Zehn Schläge in unterschiedlicher Intensität auf deine Möse sollten für den Anfang reichen.»

Yvonnes Herz pochte so heftig, dass sie befürchtete, es würde ihren Brustkorb sprengen, aber sie war auch schon wieder so geil, dass sie an nichts anderes denken konnte, als von ihrem Gebieter Schmerz und Lust zu empfangen.

Die Praxis des Herrn Kraczynski

«Wie oft haben Sie Migräne?», fragte Herr Kraczynski und schlang die Finger ineinander.

Nachdenklich schweifte Silvies Blick zu der Urkunde, die hinter dem Schreibtisch hing und Herrn Lech Kraczynski als Mitglied im Verband Deutscher Heilpraktiker e. V. auswies. Ihre Freundin Karen hatte ihn ihr empfohlen und gemeint, dass er manchmal unkonventionelle Heilmethoden anwenden würde, aber das taten viele Heilpraktiker und Homöopathen. «Inzwischen fast jede Woche.»

«Und wie lange schon?»

Silvie war skeptisch gewesen und hatte erst gar nicht in die Praxis für klassische Homöopathie gehen wollen, die, wie Karen ihr eigentlich zur Beruhigung erklärt hatte, nicht vielmehr als ein Zimmer in einem Einfamilienhaus in Wangen im äußeren Stadtbezirk Stuttgarts war, das wie ein Behandlungszimmer einer Arztpraxis aussah. Doch kaum hatte Herr Kraczynski sie an der Tür begrüßt, war sie förmlich über die Schwelle zu ihm ins Haus geschwebt. «Seit die Hochzeitsvorbereitungen begonnen haben, vor drei Monaten also.»

«Auch jetzt im Moment?»

Unbewusst begann sie, ihre Schläfe zu massieren. «Kopfschmerzen, aber noch keine Migräne.»

«Die Ursache könnte Stress sein», sagte er und musterte sie von den streng zurückgebundenen blonden Haaren bis zu den übereinandergeschlagenen Beinen, durch die ihr Rock über die Knie hochgerutscht war.

Sie nickte und errötete, weil er ihre nackten Beine betrachtete. «Möglich. Es gibt so viel zu tun.» Der Heilpraktiker sah einfach umwerfend aus, ein großer Mann mit dunklen Haaren und dichten, aber nicht buschigen Augenbrauen, smart, mit einem offenen Lächeln und gut gekleidet. Ganz Gentleman hatte er ihr den Mantel abgenommen und den Stuhl hingeschoben.

«Selbst wenn Stress nicht der Auslöser ist, fördert er natürlich den Kopfschmerz.» Er machte eine besorgte Miene. «Sie haben sich doch bestimmt ärztlich durchchecken lassen.»

Silvie hob erstaunt die Augenbrauen.

«Sie fragen sich, woher ich das weiß.» Er neigte sich in seinem Drehstuhl nach vorne und stützte sich mit den Ellbogen auf seinem Schreibtisch ab. «Ich bin immer die letzte Möglichkeit. Zu mir kommen viele Patienten erst, wenn sie mit ihrem Latein am Ende sind. Sind Sie genauso verzweifelt, Frau Schneider?»

«Ja», gab sie zu. «Ich weiß nicht mehr weiter. Sämtliche Migränemittel habe ich bereits ausprobiert, aber sie bekommen mir schlecht. Normale Kopfschmerztabletten sind zu harmlos oder wirken nicht mehr. Die Ärzte können keine körperliche Ursache finden und haben mir geraten, mehr Sport zu treiben, was ich auch mache, doch geholfen hat es nichts. Ich sehe nur noch eine Möglichkeit: die Hochzeit abzusagen. Aber ich liebe meinen Verlobten.»

Aufmerksam betrachtete er sie. «Tun Sie das wirklich? Ist es nicht vielleicht die Angst vor der bevorstehenden Hochzeit?»

Heftig schüttelte sie den Kopf. «Ich will ihn zum Mann, will ihn wirklich! Nach der Zeremonie wird mein Kopfweh bestimmt weg sein. Ich muss das alles nur irgendwie überstehen. Bitte, helfen Sie mir, Herr ... Entschuldigung, ich bin mir nicht sicher, wie man Ihren Namen ausspricht.» Silvie errötete.

«Lech Kraczynski, wie der polnische Staatspräsident», erklärte er lächelnd. *«Aber nennen Sie mich ruhig nur Herr oder noch besser mein Herr. Das ist in Polen so üblich.»*

Davon hatte sie noch nie gehört. Silvie war verwirrt. Aber wenn er es so wollte ... «Ich bitte Sie, mir zu helfen, mein Herr.»

Er lehnte sich zurück und legte die Arme auf den Armlehnen ab, wobei er recht selbstgefällig wirkte. «Nun gut, Frau Schneider. Wenn Sie derart verzweifelt sind, sind Sie sicherlich auch bereit, sich auf meine Art der Therapie einzulassen. Liege ich da richtig?»

Zögerlich nickte sie. Sie hatte keine Ahnung, was er damit meinte. Aber was hätte sie sonst tun sollen? Sie war bereit für ihre Liebe zu kämpfen. Ihr Körper machte ihr einen Strich durch die Rechnung, weil er dem Druck nicht standhielt, aber sie hatte sich entschieden Julian zu heiraten, und das würde sie auch tun, weil sie es von ganzem Herzen wollte.

«Ich bin zu allem bereit.»

«Wunderbar.» Schwungvoll stand er auf und kam zu ihr. Er zog sie auf die Füße, führte sie zur Behandlungsliege, auf der ein Handtuch und eine Nackenrolle lagen, und hielt ihr die Arme hin, um ihr die Kleidung abzunehmen. «Bitte, machen Sie den Oberkörper frei.»

«Wozu?» Silvie spürte beschämt, wie sich bei der Vorstellung, nackt vor Herrn ... ihrem Herrn zu stehen, ihre Nippel aufstellten.

«Ich möchte Ihren Nacken abtasten», erklärte er geduldig und beobachtete, wie sie ihre Bluse auszog. «Auch den Büstenhalter.»

Er nahm beides an sich und legte es auf den Schreibtisch. Dann kehrte er zu Silvie zurück und strich über ihren Rücken. «Man sieht BH-Abdrücke. Sie sollten gar keinen BH tragen, bis Ihre Migräne verschwunden ist, weil die Träger Ihre Schultern zusätzlich belasten.»

«Ich könnte ihn lockerer einstellen», wand sie ein und schlang die Arme schützend um ihren Busen, weil er wie prüfend um sie herumging und vor ihr stehen blieb.

«Lassen Sie Ihre Arme locker am Körper herunterhängen, damit ich Ihre Haltung prüfen kann», bat er, doch als sie seiner Bitte nachkam, hatte er nur Augen für ihre Brüste. «Ihre Tittchen sind klein und fest. Sie brauchen keinen Büstenhalter.»

«Aber ...» Verschämt schaute sie zum Medikamentenschrank. Sie hatte erwartet, dass er ihr irgendwelche Globuli verkaufen und sie dann wieder heimschicken würde. Doch nun stand sie entblößt vor ihm, und sie sprachen über ihren Busen.

Herr Kraczynski hob ihr Kinn an und zwang sie, ihn anzusehen. «Sprechen Sie frei. Auch diese Verklemmtheit könnte Ursache des Kopfschmerzes sein, eine Art innere Verspannung.»

«Meine Brüste wackeln, wenn ich ohne BH gehe.» Hitze strömte in ihre Wangen. Die Augen des Heilpraktikers bekamen einen seltsamen Glanz. Es lag ein Hauch Frivolität in der Luft.

«Das würde Ihren Verlobten geil machen. Kann es eine bessere Vorbereitung auf die Ehe geben, als zu vögeln?», fragte er und wog ihre Tittchen in seinen Händen. «Nein, kein BH. Befehl Ihres Heilpraktikers, verstanden?»

«Ja, mein Herr.» Noch immer klang es komisch, seinen komplizierten Nachnamen einfach wegzulassen, aber es machte die Dinge auf jeden

Fall einfacher. Sie spürte seine warmen Hände an ihren Brüsten, was zwar irgendwie angenehm, aber dennoch für einen Arzt unangemessen war.

Er streifte mit den Daumenkuppen die Nippel und freute sich sichtlich, dass Silvie dabei erschauerte und eine Gänsehaut bekam. «Zu schwer sind Ihre Tittchen auch nicht. Schwere Brüste führen oft zu Rückenschmerzen und die wiederum zu Kopfweh.»

«Ganz bestimmt nicht», pflichtete sie ihm bei.

Nachdenklich schaute er auf ihre Brustwarzen. Er presste sie zusammen, schnippte dagegen und rieb darüber. «Das könnte klappen.»

«Was meinen Sie, mein Herr?» Silvie konnte nicht nachvollziehen, was ihr Busen mit ihrer Migräne zu tun haben könnte.

«Legen Sie sich bitte auf die Liege.» Er ließ ihre Tittchen los und trat beiseite.

Silvie war froh, endlich ihre Brüste bedecken zu können, denn sie würde sich auf den Bauch legen. Jetzt endlich würde die eigentliche Therapie beginnen. Würde er sie massieren? Ihren Nacken mit irgendeiner Tinktur einreiben?

Da hielt er sie am Arm zurück. «Auf den Rücken, meine Liebe.»

«Ich verstehe das alles nicht.» Sie blickte zu der Tür, die seitlich aus dem Einfamilienhaus, in dem der Heilpraktiker alleine wohnte, wie das Klingelschild besagte, herausführte.

Er küsste ihre Handfläche und kam ihr ganz nah. «Sie müssen mir vertrauen, Frau Schneider. Wenn Sie kein Vertrauen zu mir haben, wird die Therapie kein Erfolg.»

Ihre Hand, die er festhielt, zitterte leicht. Wenn er ihr so nah war und sie in seine braunen Augen schaute, konnte sie ihm keinen Wunsch abschlagen. Ihr schlechtes Gewissen meldete sich. Sie war verlobt und wollte diese Hochzeit. Aber das Begehren ließ sich nicht so einfach auf einen einzigen Mann lenken. Herr Kraczynski war verdammt anziehend. Es war nie leicht, der Attraktivität zu widerstehen, auch nicht als Frau. Aber er war nur ihr Arzt. Ärzte waren neutrale Personen.

Na ja, eigentlich ist er das ja gar nicht, denn er hat keine ärztliche Approbation, dachte sie und spürte ein Flattern in der Magengegend. Folgsam legte sie sich auf den Rücken und sah ihn erwartungsvoll an.

«Haben Sie schon mal etwas vom Simile-Prinzip gehört?», wollte er wissen und zog seine Stirn kraus.

«Nein.»

«Similia similibus curentur», zitierte er, während er sich neben sie auf die Liege setzte und seine Hand auf ihren Bauch legte. «Das bedeutet: Ähnliches werde durch Ähnliches geheilt. Deshalb spricht man auch vom Ähnlichkeitsprinzip.»

Ihr schwante Übles. «Aber ich habe doch Schmerzen.»

Seine Hand glitt über ihren Bauch höher und packte eines ihrer Tittchen. «Das ist die Grundregel der Homöopathie. Sie haben die klassische Medizin ausgeschöpft und sind zu mir gekommen, weil ich Ihre letzte Hoffnung bin. Wer A sagt, muss auch B sagen: Das vorbereitende Gespräch haben wir bereits hinter uns, jetzt folgt die Therapie.»

«Und wie sieht die aus?» Silvie schluckte. Sie fürchtete sich, aber ihr Fötzchen war erwacht, weil Herr Kraczynski ihren Busen etwas zusammendrückte, sodass ihr Nippel obszön nach oben wuchs.

«Wir Homöopathen behandeln mit Mitteln, die bei gesunden Menschen ähnliche Symptome hervorrufen können, wie sie der jeweilige Patient aufweist.»

«So ähnlich wie Feuer mit Feuer bekämpfen?»

Er lachte. «Machen Sie sich keine Gedanken. Sie müssen einfach nur liegen bleiben und ein wenig tapfer sein. Den Rest erledige ich.» Schmunzelnd beugte er sich vor und zog ihren Nippel lang. «Schmerz muss mit Schmerz bekämpft werden, daran gibt es keinen Zweifel. Es wird wehtun, das gebe ich zu, aber danach werden Sie entspannt aus meiner Praxis gehen und glücklich sein.»

Sie verlagerte ihr Gewicht von einem Schulterblatt auf das andere. «Aber mein Kopf tut doch weh, nicht mein Busen.»

«Ich werde den Schmerz verlagern. Wenn Ihre Tittchen schmerzen, werden Sie das Kopfweh nicht mehr spüren.» Er zwirbelte den lang gezogenen Nippel und ergötzte sich an Silvies verzerrter Miene. «Der Schmerz wird von Ihrem Kopf in Ihre Brüste fließen, und sobald er dort abebbt, wird er ... ich nenne das ‹verdampfen›. Das hört sich für Sie vielleicht seltsam an, aber Sie werden es am eigenen Körper erfahren.»

«Ich weiß nicht ...»

Ohne ihr Einverständnis abzuwarten, massierte er ihre Brust. Er glitt mit den Händen vom Ansatz bis zur Brustwarze und drückte dabei immer fester zu. «Ich werde Ihre Tittchen jetzt vorbereiten, sodass Blut hineinströmt und Sie schön empfindlich werden.»

Das war nur die Vorbereitung? Silvie fragte sich, wie dann wohl die eigentliche Therapie aussah. Noch tat diese Massage nicht richtig weh. Der Druck war auszuhalten, wenn auch nicht wirklich angenehm. So kräftig hatte sie noch nie ein Mann angefasst. Aber sie wehrte ihn auch nicht ab. Der Gedanke keimte zwar in ihr auf, aber ihre Arme lagen wie Blei auf der Liege. Zum einen, weil sie zu schockiert war von dem, was er mit ihr tat und noch vorhatte, zum anderen, weil es sie erregte, dass er so unverschämt war.

Der Heilpraktiker zwirbelte ihren Nippel und zog ihre Brust dabei weit nach oben. Es war ein bizarrer Anblick. Ihre Tittchen sahen verformt und dennoch auf eine sonderbare Weise schön aus. Viel größer. Immer fester drehte er die Brustwarze zwischen Daumen und Zeigefinger, bis Silvie die Zähne zusammenbiss und ihren Körper anspannte, weil der Druck langsam zu Schmerz wurde.

Bevor es dazu kam, ließ er den Nippel los und widmete sich der anderen Brust mit der gleichen Intensität. Er presste die Brustwarze zusammen, zog und zerrte an dem Tittchen und massierte das weiche Fleisch mit beiden Händen kraftvoll durch.

Als er sich von der Liege erhob, um etwas zu holen, rang Silvie hörbar nach Atem. Sie versuchte, sich zu beruhigen. Fassungslos starrte sie auf ihre beiden geröteten Hügel, deren Spitzen in einem satten Rot leuchteten. Hatte Karen ähnliche Erfahrungen in der Praxis des Herrn Lech Kraczynski gemacht? Ihre Freundin hatte von unkonventionellen Heilmethoden gesprochen, aber mit einer nahezu schmerzhaften Brustmassage hatte Silvie nicht gerechnet.

Sie zweifelte immer noch daran, dass diese Art der Therapie gegen ihre Migräne helfen würde, da jedoch ihr Schoß genauso heiß war wie ihre Tittchen, wartete sie angespannt, was nun folgen würde.

Der Homöopath kehrte mit einem Tablett und einer Kerze zurück, die ein süßliches Honigaroma verströmte. Er stellte beides neben der Liege auf einen Beistelltisch und strich beruhigend über Silvies harte Nippel.

Die sanften Berührungen lösten augenblicklich eine Geilheit in ihr aus, die ihr beinahe unheimlich war. Bisher hatte sie es immer als recht schön empfunden, wenn Julian ihre Brüste gestreichelt hat, war aber niemals geil dadurch geworden. Sie hatte immer gedacht, dass ihre Lust zwischen ihren Beinen lag, doch Herr Kraczynski belehrte sie gerade eines Besseren.

Er setzte sich wieder neben sie auf die Liege und nahm etwas, das wie eine Schere mit abgerundeten Klingen aussah, hoch. «Das ist eine Arterienklemme. Damit werde ich Ihre Nippel abklemmen, damit sich das Blut staut und sie noch empfindlicher werden.»

Silvie bekam langsam Angst, denn damit meinte er wohl schmerzempfindlicher. Seltsamerweise wuchs aber auch ein neues Gefühl in ihr heran, das ihr bisher verborgen geblieben war, eine Art morbide Sehnsucht, die durchaus danach gierte, Neuland zu betreten. Doch noch war die Furcht stärker.

«Ich bevorzuge die Arterienklemmen nach Kocher», meinte er beiläufig, nahm eine Brustwarze und zog daran. «Sie haben dieselbe Form wie die Klemmen nach Pean, aber durch die Zähnchen in der Maulspitze greifen sie viel besser.»

Kaum hatte er das ausgesprochen, setzte er die Klemmen an der Nippelwurzel an und drückte sie zusammen.

Silvie kam erst gar nicht dazu, sich über die Zähne aufzuregen, denn diese bissen sich in ihr zartes, durchgeknetetes Fleisch und entlockten ihr ein «Autsch», das er anscheinend ganz entzückend fand, denn er lächelte sie warm an. Sie konnte nichts Falsches an diesem Lächeln erkennen, obwohl sie immer mehr den Eindruck hatte, dass seine Heilmethoden sich an seinen sehr eigenen Vorstellungen und nicht an den allgemein gültigen orientierten.

Während er auch die zweite Brustwarze einklemmte, redete er beruhigend auf sie ein: «Machen Sie sich keine Sorgen. Es handelt sich um sterilisierte Edelstahlklemmen, bestes Chirurgenmaterial, ebenso wie dieser chirurgische Bohrdraht, eigentlich mehr eine Bohrnadel, weil ich die kleinste Stärke von 1,5 mm ausgewählt habe.»

Er hielt einen etwa 15 cm langen Edelstahlspieß hoch, dessen Ende spitz zulief.

«Das werden Sie doch wohl nicht in meine Nippel bohren.» Silvie versuchte entsetzt sich aufzurichten, doch der Heilpraktiker drückte sie auf die Behandlungsliege zurück.

«Nicht ohne Hilfsmittel.» Er winkte ab. «Für wie unverantwortlich halten Sie mich?»

Sie empfand keine Erleichterung bei seinen Worten. Als er die Kerze nahm und über ihren Busen hielt, krauste sie verwundert ihre Stirn. «Ich dachte, der Honigduft soll mich beruhigen.»

«Heilpraktiker und Homöopathen sind keine Esoteriker. Mich interessiert nur das heiße Kerzenwachs.»

«Oh nein, Sie wollen doch wohl nicht …» Silvie stieß seine Hände weg, dabei schwappte Wachs über den Rand der Kerze und tropfte auf ihren Warzenhof. Sie sog hörbar Luft ein, weil die Stelle brannte, aber der Schmerz hielt sich in Grenzen, da er die Kerze recht hoch gehalten hatte.

Tadelnd schob er ihre Arme beiseite. «Ich kann den Bohrdraht auch ohne Hilfsmittel in Ihren Nippel stecken. Aber sobald ich ihn loslassen muss, um mich dem anderen Tittchen zuzuwenden, wird er umkippen und die Spitze sich durch den Druck noch schmerzhafter in die Brustwarze hineinbohren. Durch das Wachs bleibt die Nadel stehen, es macht die Qual erträglicher.»

Silvie haderte. Das, was er sagte, klang zwar logisch, und er besaß schließlich jahrelange Erfahrung, aber ein Rest Zweifel blieb.

Bevor sie weiter protestieren konnte, goss er einen dicken Tropfen Wachs über ihren rechten Nippel.

Sie schrie auf. Das heiße Kerzenwachs löste einen viel stärkeren Schmerz aus, denn er hatte die Kerze viel zu nah an ihre Brustwarze gehalten und das Wachs nicht von weit oben heruntertropfen lassen. Aber der Schmerz spülte auch Mösensaft in ihren Slip und ließ rasch nach, sodass sie ihre Schenkel aneinanderpresste und schwieg.

Sie würde das aushalten, nahm sie sich vor.

Ängstlich schaute sie auf die Kerze in seiner Hand. Wie in Zeitlupe kippte er sie. Anstatt auf seine Bewegung zu achten, um auch ja ihren Nippel zu treffen, betrachtete er Silvie. Er musterte sie, verfolgte jede Regung ihres Körpers und erfreute sich offensichtlich an ihrem Mienenspiel, das zwischen Furcht und Durchhaltewillen schwankte, denn er lächelte vergnügt.

«Sie sind wunderschön, wenn Sie sich fürchten», sagte er fasziniert. «Es gibt keine Gefühle, die sich meiner Meinung nach intensiver in der Mimik widerspiegeln als Angst und Verzweiflung. Schade, dass die Menschen solch eine Abscheu davor haben, diese Gefühle auszuleben, denn sie haben auch eine positive Seite. Leider bleibt sie den meisten für immer verborgen. Aber Sie, Frau Schneider, sind gerade dabei sie kennenzulernen.»

«Das klingt ...» Krank, wollte sie sagen, brachte dieses Wort jedoch nicht über die Lippen. Jetzt fühlte sie sich ihm schrecklich ausgeliefert. Ihr Magen krampfte sich zusammen, ihr Puls beschleunigte sich und ihr Mund war ausgetrocknet.

«Ich bin kein Psychopath. Das Geben und Empfangen dieser Gefühle muss in beiderseitigem Einverständnis stattfinden», versicherte er ihr. «Nur wenige haben das Privileg, die Lust darin zu erkennen. Ja, ich spreche von Geilheit. Ich spüre mit jeder Faser meines Körpers, dass Sie geil sind. Die Angst macht Sie heiß, die Verzweiflung lässt Ihre Säfte fließen.»

«Nein, nein», protestierte sie atemlos. Seine Worte erschreckten sie, weil sie wahr waren. Sie starrte auf das Wachs, das sich langsam am Kerzenrand staute und jeden Moment auf sie heruntertropfen würde.

«Ich wette, wenn ich jetzt unter Ihren Rock fassen und meine Hand wieder hervorziehen würde, wäre sie nass.» Er schmunzelte. «Was meinen Sie? Wollen wir es testen?»

«Fahren wir einfach mit der Therapie fort. Ich habe noch einen Friseurtermin», log Silvie, weil sie nicht wollte, dass ihre Geilheit für ihn offensichtlich wurde.

Unvermittelt floss das heiße Wachs über den Rand der Kerze. Ein Schwall ergoss sich auf ihre Brustwarze und den Warzenhof und vergrub sogar einen Teil der Arterienklemme. Sie schrie erneut. Ihre Hände krampften sich um die Seiten der Liege. Sie drückte ihren Rücken durch, schüttelte sich, als könne sie dadurch das Brennen beseitigen, doch das Wachs klebte an ihr und brannte auf ihrem Nippel, den er noch empfindlicher gemacht hatte, als er ohnehin schon war.

Das Wachs erkaltete und stockte. Es hüllte ihre Brustwarzen wie ein Kokon ein. Der Anblick war befremdlich. Was hatte er nur mit ihr gemacht? Honigduft erfüllte die kleine Praxis. Er legte sich schwer auf Silvies Lunge. Langsam beruhigte sich ihr Herzschlag wieder. Ihr Slip war pitschnass. Sie schämte sich entsetzlich, weil ihr Oberkörper entstellt war, sie sich quälen ließ und sie das auch noch geil machte. Aber sie tat es für ihre Gesundheit.

Er stellte die Kerze weg und griff nach einer chirurgischen Bohrnadel.

«Psst», machte er und streichelte ihren Bauch. «Bleiben Sie vollkommen still liegen, damit ich nicht abrutsche.»

Silvie war so fassungslos, dass sie sich ohnehin nicht hätte bewegen können. Wie paralysiert lag sie da und sah zu, wie er die Nadel recht weit unten anfasste und begann, die Spitze in das erhärtete Wachs zu bohren. Dabei ging er so behutsam vor, dass es sie schon wieder auf abartige Weise faszinierte. Wieso stach er nicht einfach zu? Weshalb dieses vorsichtige Herantasten? Er würde ihr doch eh wehtun. Wollte er den Moment auskosten, den Schmerz in die Länge ziehen oder es ihr so angenehm wie möglich machen?

Als sie die Nadelspitze an ihrem Nippel spürte, verkrampfte sie sich. Sie hielt die Luft an und konzentrierte sich auf den langsam einsetzenden Schmerz. Dass das genau das Falsche war, wusste sie auch, doch egal, an was sie zu denken versuchte, um sich abzulenken, es funktionierte nicht.

Je weiter er die Spitze hineinstach, desto intensiver schmerzte es. Er drehte die Bohrnadel zwischen Daumen und Zeigefinger hin und her und übte sanften Druck aus.

«Bitte, nicht weiter», flehte Silvie.

Aber er hörte erst auf, als die Spitze in ihrem Nippel versenkt war und die Nadel senkrecht von alleine stand. Er ließ sie los und betrachtete mit leuchtenden Augen sein Werk. «Sehen Sie nun, dass das Kerzenwachs eine große Hilfe ist?»

Wütend, weil ihre Brustwarze wie Feuer brannte und sie die Bohrnadel am liebsten herausgerissen hätte, schwieg sie.

«Sie sind undankbar», sagte er verschnupft. «Sie glauben, das sei bereits die Hölle, dabei befinden Sie sich erst in ihrem Vorhof. Es geht immer noch schlimmer.»

«Ich flehe Sie an, mein Herr, bitte nicht noch mehr.» Es war schäbig zu winseln, aber ihr war danach.

«Oh, Sie missverstehen», wiegelte er ab und drückte ihre Brust leicht zusammen, um die Bohrnadel in Schwingung zu versetzen. «Ich bin nicht der Teufel in Person. Meine Aufgabe ist es, Sie zu heilen, und dazu muss ich den Schmerz wohldosiert einsetzen.»

Warum besänftigte sie das nicht? Weil sie bereits zitterte? Weil heiße und kalte Wellen über sie hinwegbrandeten und sie eine Gänsehaut hatte, obwohl sie schwitzte? Die Nadel steckte nur mit der Spitze in ihrem Nippel, nicht tiefer; der Schmerz war stark, aber erträglich, doch allein das Wissen, dass er etwas Spitzes in ihre empfindliche Brustwarze gedrückt hatte, ließ sie erbeben. Entsetzen wechselte sich mit Faszination ab und Angst mit Geilheit.

Mit jeder Sekunde, die verstrich, tat ihr Nippel mehr weh.

Ihre Augen wurden feucht.

«Lassen Sie uns fortfahren.» Genugtuung lag in seiner Stimme.

Er nahm einen zweiten Bohrdraht und betrachtete das spitze Ende, sodass Silvie automatisch auch dorthin blickte. Der Anblick der Spitze machte sie panisch. Gerade als sie den Heilpraktiker abwehren wollte, drückte er ihren Arm auf die Pritsche und bohrte das Ende des Drahtes in die Wachsschicht ihres zweiten Nippels.

Silvie schrie auf. Sie jammerte schon im Voraus, weil sie nun bereits wusste, was sie erwartete. Angsterfüllt griff sie mit der freien Hand nach seinem Arm, der den Draht hielt. Das hatte zur Folge, dass er den Draht fallen ließ. Dieser steckte jedoch bereits mit der Spitze im Wachs und ein Stück in ihrer Brustwarze. Er kippte um, die Spitze verschob sich und Silvie jaulte auf.

«Daran sind Sie selbst schuld. Sie sollten mehr Vertrauen zu mir haben», rügte er sie und befreite sich aus ihrem Griff.

Er richtete den Draht senkrecht auf. Warum er dann noch einmal mit der Spitze in ihrem Nippel rührte, wusste sie nicht, aber sie ertrug es schluchzend und betrachtete es als ihre gerechte Strafe. Als er den Draht weiter in ihre Brustwarze hineindrückte, bis er von alleine senkrecht stehen blieb, hielt sie es kaum mehr aus. Diesmal tat es noch stärker weh, und das war ihre eigene Schuld. Sie hatte die Augen geschlossen, doch sie konnte dem Schmerz nicht entfliehen. Er hatte längst ihren ganzen Körper ergriffen. Sie fühlte sich wie in Mineralwolle gehüllt. Hitze durchflutete ihre Glieder. Ihre Tittchen standen in Flammen und sogar ihre Möse brannte lichterloh. Sie vergaß alles um sich herum. Es existierte nur noch ihr Körper, der den Schmerz langsam in Geilheit verwandelte. Sie war erstaunt, fasziniert, berauscht. Was geschah nur in ihr? Oh Gott, was machte er nur mit ihr?

Sie schlug die Augen auf und schaute ihn fragend an.

«Ich kann Ihnen helfen, damit es nicht mehr ganz so schrecklich wehtut, das ist mein Entgegenkommen für Homöopathie-Anfänger.» Er klang fürsorglich und wischte ihr eine Träne aus dem Augenwinkel.

Silvie schöpfte Hoffnung. Jetzt würde er die Tortur beenden. Die Qual war beinahe vorbei. Doch sie hatte sich getäuscht.

Er griff ungeniert unter ihren Rock und rieb über ihr Höschen. Ihr war es peinlich, wie nass ihr Slip war, aber das schien ihn nicht zu stören, denn er packte den Steg und fuhr mit dem Reiben fort. Fest drückte er den Stoff auf ihr vor Geilheit geschwollenes Fötzchen. Er rubbelte kräftig über ihre heißen Schamlippen und verteilte dadurch ihren Mösensaft noch mehr. Weil er den Stoff über ihrem Kitzler zusammenknautschte, spannte sich der Rest und drückte auf ihre Rosette. Während er so mit dem Stoff über ihre Möse rieb, schabte der Slip gleichzeitig über ihren Anus.

Silvie wusste nicht, wie ihr geschah. Sie wich seinem Blick aus, indem sie zur Decke starrte. Ihre Lust schwoll rasch gewaltig an. Diesmal verkrampfte sich ihr Körper vor Erregung. Ihre Finger krallten sich in die Behandlungsliege, sie spannte ihren Unterleib an und hielt die Luft an. Dann kam sie auch schon. Sie stieß kraftvoll die Luft aus ihren Lungen. Zuckend lag sie dort. Ihre Lider flatterten. Sie stöhnte und seufzte vor bittersüßer Qual, von der sie sich wünschte, dass sie niemals wieder enden sollte.

Da ließ er auch schon von ihr ab. Er entfernte die Arterienklemmen und räumte das Tablett weg.

Verwundert sah Silvie an sich herab. Die chirurgischen Bohrnadeln steckten längst nicht mehr in ihren Nippeln. Sie hatte gar nicht gemerkt, wie er sie herausgezogen hatte.

Er kehrte zu ihr zurück. Während ihr Brustkorb sich immer noch heftig hob und senkte, löste er vorsichtig das Kerzenwachs von ihren Nippeln. Er massierte ihre Brüste und zwirbelte ihre Brustwarzen, um die Blutzirkulation anzuregen, was Silvie noch einmal wehtat, doch gleichzeitig schwoll bereits das Pochen in ihrer Möse wieder an.

«Und, haben Sie noch Kopfweh?», fragte er, nachdem er alles Wachs entfernt hatte.

«Kopfweh?», echote Silvie. Das hatte sie ganz vergessen. Der Schmerz hatte sie abgelenkt. Sie war in eine andere Welt abgetaucht und nun, da sie zurück in der Realität war, hatte sich der Kopfschmerz – wie hatte Herr Kraczynski so schön gesagt? – verdampft. Ähnlich wie bei der Akupressur hatte der Druck auf einen bestimmten Punkt an ihrem Körper Erleichterung gebracht. Allerdings hatte sie noch nie davon gehört, dass die Brustwarzen zu den allgemeingültigen Akupressurpunkten zählten. Aber war das nicht völlig egal? Ihr ging es fabelhaft. Blendend! Was wollte sie mehr? «Nein, mir geht es ausgezeichnet. Mein Kopf ist völlig frei.»

«Es freut mich sehr, dass meine Behandlung so gut angeschlagen hat. Allerdings», bemerkte er und hob dabei den Zeigefinger, «um eine dauerhafte Besserung zu erzielen, braucht es regelmäßige Anwendungen.»

Erschrocken richtete sich Silvie auf. «Immer in die Brustwarzen?» Sie streckte ihren Zeigefinger aus und ahmte die Bohrnadel nach.

«Es gibt viele Ansatzpunkte.» Er zeigte auf seinen Kalender. «Möchten Sie sofort einen neuen Termin ausmachen?»

Silvie willigte nur allzu gerne ein. Sie wusste, dass es verrückt war, sich erneut auf solch einen Höllentrip einzulassen. Aber wenn sie dadurch endlich von ihrer Migräne erlöst wäre, wollte sie das gern in Kauf nehmen.

Nachdem sie sich wieder angezogen hatte und der nächste Termin vereinbart war, sagte er noch: «Grüßen Sie Ihren Verlobten von mir.»

«Besser nicht», rutschte ihr heraus, denn sie fühlte sich, als wäre sie fremdgegangen, dabei war dies nur ein Besuch in einer Praxis für klassische Naturheilkunde gewesen. Nur dass man dort normalerweise keinen Orgasmus bekam. Sie schämte sich für diese Entgleisung, aber dem Heilpraktiker machte es offensichtlich nichts aus. Er betrachtete ihren Höhepunkt scheinbar als Nebeneffekt seiner Behandlung.

«Machen Sie sich nicht immer so viele Sorgen, sonst kommt Ihre Migräne noch zurück.» Er nahm ihre Hand und begleitete sie zum Ausgang. «Ihr Verlobter kümmert sich um Ihr Herz und ich mich um Ihren Körper. Bei diesen Voraussetzungen hat das Kopfweh überhaupt keine Chance mehr.»

«Das glaube ich Ihnen gerne, mein Herr.» Silvie gab ihm einen Kuss auf die Wange und machte sich auf den Weg zu ihrem Wagen, der am Straßenrand parkte. Sie fühlte sich so frisch und entspannt wie schon lange nicht mehr. Jetzt konnte die Hochzeit kommen. Mit Herrn Kraczynski an ihrer Seite würde sie jede Hürde meistern. Er war keine Konkurrenz für Julian, sondern eine Ergänzung, das sah sie nun klar vor sich.

Sie konnte nun verstehen, warum Karen so begeistert von dem Heilpraktiker war. Und ja, auch Silvie würde sie weiterempfehlen, die Praxis des Herrn Kraczynski.

Qual

Hier unten würde niemand ihre Schreie hören.

Ängstlich glitt Sunitas Blick über die mit Schalldämmmatten ausgekleideten Wände. Rage, wie er sich nannte, hatte sie von der Straße weg entführt, als sie von der Uni zu ihrer Wohnung geradelt war, und hier unten eingesperrt. Sein schwarzes Motorradoutfit jagte ihr Schauer über den nackten Leib. Sie konnte aufgrund des dunklen Visiers nicht erkennen, wer unter dem Helm steckte.

Er hatte sie zwischen zwei Pfosten gezerrt, die mit einer Querstange verbunden waren. Diese schwebte unmittelbar über Sunitas Kopf – als wäre diese Konstruktion nur für sie gemacht worden. Rage musste ihr mehrmals mit dem behandschuhten Handrücken ins Gesicht schlagen, bis sie ihre Arme nach oben streckte und nach hinten abknickte, sodass die Stange in ihren Armbeugen lag. Er band ein Seil um ihr rechtes Handgelenk, wickelte es um ihren Hals und verknotete es schlussendlich mit ihrem linken Handgelenk, sodass sie sich selbst würgte, sollte sie versuchen, sich der Fesselung zu entziehen.

Als er auch noch ihre Fußgelenke an den seitlichen Stangen fixierten, war sie nahezu bewegungsunfähig.

Hilflos stand sie mitten im Raum und war ihm völlig ausgeliefert. Bestimmt trug er seinen Namen nicht zu unrecht.

Wider erwarten streichelte er sie. Er ließ seine Hände über die Landschaft ihres zitternden Körpers gleiten und erforschte ihre zarten Rundungen. Mit sanftem Druck knetete er ihre Brüste, die viel zu prall für die schmalen Hüften einer Inderin waren. Lakschmi, die Göttin der Schönheit, hatte es gut mit ihr gemeint.

Doch Sunita wurde das Gefühl nicht los, dass dies bloß die Ruhe vor dem Sturm war.

Langsam schritt er um sie herum und nahm dabei seine Hände nicht von ihr. Das Leder seiner Handschuhe auf ihrer Haut fühlte sich bedrohlich an. Er wog ihre Brüste, zog prüfend ihre Arschbacken auseinander und schob seine Hand zwischen ihre Beine.

Sunita bemühte sich ruhig zu bleiben, aber das hielt sie nicht lange durch. Sie versuchte seiner Hand auszuweichen, soweit die Fesselungen das zuließen. Weil sie ahnte, dass es ihn geil machen würde, wenn sie bettelte, gab sie nur missbilligende Laute von sich.

Rage stellte sich hinter sie. Er schmiegte sich an ihren Rücken, seine Hände glitten an ihrem Körper seitlich vorbei und griffen nach ihren Tittchen. Zuerst massierte er sie beinahe zärtlich, doch wurde er bald ungestümer und packte kräftiger zu. Fest zwirbelte er Sunitas Nippel. Wegen der glatten Lederhandschuhe rutschte er ab, was für sie unangenehm war, und musste erneut ansetzen. Damit die Brustwarzen ihm nicht wieder entwischen konnten, presste er sie mit seinen Fingern zusammen.

Sunita stöhnte auf. Dieser Bastard wusste, was sie erregte. Obwohl sie ein zartes Persönchen war, mochte sie es hart und wild. Angst machte sie heiß, genau wie Schmerz – und beides zusammen brachte ihre Nervenenden zum Vibrieren. Trotzdem wehrte sie sich. Das machte sie immer, rein instinktiv, eine Schutzfunktion ihres Körpers. Aber ihre jämmerlichen Bewegungen führten nur dazu, dass sich ihr Hintern an Rages Steifem rieb.

«Ich werde dich nicht benutzen», hörte sie seine durch den Motorradhelm gedämpfte Stimme, «ich werde dich quälen und allein dein Leid zu beobachten wird mich zum Abspritzen bringen.»

Er ließ von ihr ab und band ihre langen dunklen Haare mit einem Haargummi hoch, den er wohl mitgebracht hatte. Offensichtlich hatte er ihre Entführung bis ins kleinste Detail geplant. Nun konnte sie ihre vor Lust und Schmerz verzerrte Miene nicht mehr hinter einem Vorhang aus Haaren verstecken. Er würde alle ihre Emotionen auf ihrem Gesicht sehen und somit auf ihrem Körper spielen können wie auf einem Klavier und ihr dabei die schönsten Schreie entlocken.

Obwohl Sunita splitterfasernackt war, begann sie zu schwitzen. Sie spürte ein Drängen an ihrer Rosette und versuchte den Kopf zu drehen, doch das war unmöglich.

Rage cremte ihren faltigen Ring mit irgendeinem Gel ein. Er drang mit der Fingerspitze in sie ein und wegen der Flüssigkeit glitt er problemlos in das enge Loch. Ihr After krampfte sich zusammen.

Als er sich aus ihr zurückzog, war Sunita enttäuscht, erklärte sich aber im nächsten Moment selbst für verrückt. Sie sollte eher froh sein, wenn es nicht so schlimm kam, wie sie befürchtet hatte. War sie aber nicht. Sie war alarmiert und in freudiger Erwartung.

Rage stieß den Finger tief in ihren Anus, sodass Sunita ruckartig ausatmete. Genau drei Mal fickte er sie damit, dann nahm er einen zweiten Finger hinzu und presste ihn ebenfalls in die Öffnung. Ungestüm vögelte er sie mit seinen Fingern.

Durch den Schwung wurde Sunita immer wieder nach vorne gestoßen, aber die Fesseln bewahrten sie davor umzufallen. Sie waren Fluch und Segen zugleich. Denn schon steckte Rage drei Finger gleichzeitig in sie hinein. Im ersten Moment glaubte sie, dass es sie zerreißen würde, aber dann gewöhnte sie sich an die Eindringlinge und genoss den harten Handfick.

Rage entfernte sich aus ihr, und Sunita musste die Lippen aufeinanderpressen, um nicht zu seufzen.

Es war vorbei. Oder doch nicht? Etwas drängte schon wieder gegen ihren Anus. Etwas Großes. Rage hatte doch nicht etwa vor, sie zu fisten?

Ihre Gefühle gerieten ins Trudeln. Das würde sie nicht aushalten können. Aber was interessierte ihn das? Sie war seine Gefangene. Aber noch immer bettelte sie nicht. Das war etwas, was Sunitas Stolz verbot. Sie hatte bei ihrer Familie in Indien zu hart um Anerkennung gekämpft.

Was-auch-immer-es-War drückte ihre Rosette auseinander. Sie wurde gedehnt. Zuerst verspürte Sunita nur einen Druck. Doch je stärker die Dehnung war, desto mehr Schmerz mischte sich darunter. Sie ächzte leise, bemühte sich, ihren After locker zu lassen, aber das führte nur zum Gegenteil: Sie verspannte sich.

Rage zog das Ding aus ihr heraus und presste es wieder in sie hinein, und da endlich erkannte Sunita, um was es sich handelte. Es war ein Plug. Ein stinknormaler, wenn auch sehr großer Plug. Keine ganze Hand. Erleichtert lächelte sie. Nun konnte sie auch ihre Kehrseite locker lassen. Sie hieß den Schmerz willkommen, weil Rage den Analplug sowieso in sie hineinzwängen würde. Der Plug dehnte und dehnte sie weiter, bis die dickste Stelle endlich überwunden war und er in sie hineinglitt. Sunita spürte ihn in sich, diesen dicken Kegel, der ihren After nun völlig ausfüllte. Von außen verschloss eine kleinere Kugel den Eingang. Ein Stöpsel, von innen wie von außen.

Rage hatte ihr enges Loch erobert. Es gehörte jetzt ihm.

Gemächlich schlenderte er um sie herum. Nur am Nicken konnte sie erkennen, dass er ihren Körper musterte. Sie wollte seinen Gesichtsausdruck sehen und in seine Augen blicken, um eine vage Vorstellung davon zu bekommen, was in ihm vorging und was er mit ihr vorhatte. Doch er war vollkommen in Leder gehüllt und sein Kopf unter dem Helm verborgen.

Rage hätte genauso gut ein Roboter – oder noch schlimmer: der sabbernde Uniprofessor – sein können. Im Moment blieb er ein Geheimnis, eine dunkle Hülle. Ohne Seele. Ohne Mitleid.

In seiner Hand hielt er jetzt Wäscheklammern. Sunita hatte nicht gesehen, woher er sie geholt hatte, da sie sich darauf konzentriert hatte, durch das Visier zu schauen, als bräuchte sie nur lange genug darauf zu starren, um den Mann dahinter erkennen zu können.

Fast schon gefühlvoll zwirbelte er ihren rechten Nippel. Er zog ihr Tittchen nach oben und ließ es dann abrupt los, sodass ihre schwere Brust herabfiel und Sunita das Gesicht verzerrte. Als er eine Klammer an die Brustwarze setzte – und zwar so, dass sie senkrecht vom Körper abstand –, sog sie hörbar die Luft ein und biss die Zähne fest aufeinander. Zuerst war da nur ein Druck, aber der wurde schnell intensiver. Seltsamerweise entspannte sie sich, als sich ein leichter Schmerz einstellte. Vielleicht weil sie ihn erwartet hatte. Oder weil er unumgänglich war. Oder sie anders war als andere Frauen.

Mit der flachen Hand klatschte Rage gegen ihr linkes Tittchen. Der Lederhandschuh milderte den Schlag. Das erkannte auch er, denn jetzt schlug er kräftiger zu. Ihre pralle Brust schaukelte, wurde von links nach rechts geschleudert, hochgehoben und fallen gelassen. Rage zupfte an ihrem Nippel, er drehte ihn wenig behutsam und schnippte dagegen, bis die Brust gerötet und die Brustwarze steif war. Erst dann befestigte er die Wäscheklammer.

«Autsch», gab Sunita von sich. Sie vermied es, ihren Peiniger anzuschauen. Weil sie sich schämte. Und weil er so die Erregung in ihrem Blick hätte erkennen können.

Das Blut pulsierte durch ihre Brüste. Es pochte in ihren Warzen. Und ihrer Möse. Wieso wandelte ihr Körper Schmerz nur immer in Geilheit um? Konnte er nicht normal reagieren, mit Abscheu? Aber so funktionierte er nun mal nicht, und Sunita hatte nur diesen einen Körper. Sie musste mit ihm leben, deshalb hatte sie sich damit arrangiert und, bis auf kleine Rückfälle wie diesen, abgefunden.

Ihr fiel die beachtliche Beule in Rages Schritt auf, die einzige Reaktion, die sie an ihm erkennen konnte.

«Solange du noch lächeln kannst, hast du auch noch nicht genug», sagte er drohend, und trotz des Helms konnte sie die Geilheit in seiner Stimme hören.

Er presste ihre vollen Brüste zusammen. Mit seinen Daumen stieß er an die Klammern, er drückte sie zur Seite und massierte ihre Nippel, die sich zunehmend wunder anfühlten. Langsam kitzelte er den Lustschmerz aus ihr heraus. Sunita konnte sich seinen Händen sowieso nicht entziehen, denn er hatte sie drapiert wie ein gehäutetes Tier, das er gleich über einer Feuerstelle knusprig braten würde, daher war sie bemüht, sich mit dem Schmerz abzufinden. Doch das war nicht so einfach.

Am Anfang war es immer so, dass sie den Schmerz wollte und gleichzeitig ihr Gehirn Alarm schlug, um ihren Körper zu schützen und ihr Wohlergehen zu sichern. Eine Hürde, die es zu überspringen galt. Deshalb zog sie es vor, gefesselt zu sein. Durch die Bewegungsunfähigkeit wurde sie gezwungen, sich mit der Qual abzufinden. Irgendwann löste sich der Knoten in ihrem Magen und Leid verschmolz mit Lust. Am Ende überwog die Geilheit und sie erntete einen Orgasmus, den sie ohne die vorangegangenen Torturen nicht erreichen konnte.

So war sie nun mal gestrickt. Kompliziert, anders.

Sie begann zu zappeln, soweit ihre Fesselung das zuließ. Der Schmerz breitete sich quälend langsam von ihren Nippeln aus, wanderte in ihren Busen. Sie legte den Kopf in den Nacken und stöhnte ungehemmt. Ihre Muschi meldete sich, sehnsüchtig prickelte sie, um sich in Erinnerung zu bringen.

Rage gab ihre Brüste frei. «Bettele!», befahl er barsch. «Fleh mich an, dir wehzutun.»

«Niemals.» Einen Moment lang dachte sie darüber nach, ihn anzuspucken. Aber was nutzte das, wo er doch einen Helm trug?

Keineswegs grob, sondern absichtlich langsam drehte er eine der Wäscheklammern herum, bis Sunita sich auf die Zehenspitzen stellte, als hälfe das, der Pein zu entkommen. Für einige Sekunden wurde alles um sie herum unwichtig. Ihre Probleme, sich in einem neuen Land zurechtzufinden, an der Uni neue Freunde zu finden, ja sogar ihre Gefangennahme.

Für sie existierte nur dieses Feuer in ihrer Brust, das sie folterte und ihre Geilheit anheizte.

Es war befreiend.

Rage ließ die Klammer los und sie seufzte. «Fleh mich an, dir Schmerzen zuzufügen. Los!»

Wütend schüttelte sie den Kopf. Sie hatte sich damit abgefunden, eine Masochistin zu sein, aber sie konnte und wollte nicht darüber reden. Es war eine Sache, sich innerlich damit abzufinden, eine andere dies anderen gegenüber einzugestehen.

Er holte eine dritte Klammer aus seiner Hosentasche. Vor Sunitas Augen öffnete er das Mäulchen. Anstatt es an einer freien Stelle anzubringen, steckte er es an den Nippel, den er soeben erst malträtiert hatte – auf die bereits vorhandene Klammer. Sie drückte die erste Wäscheklammer noch fester in die Brustwarze.

Sunita gab einen stummen Schrei von sich, denn ihr blieb die Luft weg. Sie hielt den Atem an, schloss die Augen und fühlte sich wie berauscht. Es tat weh, höllisch weh. Sie genoss es, wollte aber gleichzeitig auch, dass das Leid aufhörte, und sie wurde in einen Taumel gerissen, der sie wegzuschwemmen drohte.

«Zu viel», brachte sie mühsam über die Lippen. Panik stieg in ihr auf. Sie und Rage hatten kein Safeword. Natürlich nicht, ein Opfer besaß nie eine Reißleine.

Aber die brauchte sie auch nicht, denn Rage entfernte beide Klammern und rollte den Nippel so lange zwischen seinen Finger, bis das Blut wieder darin zirkulierte und Sunita nach Luft japste.

Mösensaft floss ihre Schenkel hinab. Ihre Schamlippen waren hochrot und geschwollen.

Scheiße, bist du geil, dachte sie verlegen, denn Rage hatte noch nicht einmal ihre Muschi angefasst.

«Bettele», wiederholte er seine Forderung.

Ihre Augen wurden feucht, weil sie laut aussprach, was bisher tief in ihr verborgen gewesen war. «Tu mir weh.»

«Lauter!» Er fasste zwischen ihre Beine und massierte mit der Hand ihre Möse. Das Leder glitt dank ihres Saftes geschmeidig über ihre Schamlippen.

Sunita seufzte. Ihre Geilheit schoss empor. Sie gab Laute von sich, als wäre sie bei einem Pornodreh, fand das übertrieben und peinlich, konnte sich jedoch nicht dagegen wehren. Ihr Unterleib war bereits willig und weich.

Ihr Mund wurde es langsam auch, denn sie sprach lauter und klang dabei so flehentlich, dass sie vor sich selbst erschrak: «Füg mir Schmerzen zu. Bitte. Ich brauche sie. Ich will sie.»

Augenblicklich hörte er auf, ihre Muschi zu streicheln, und zog seine Hand zurück. Er strich ihr eine Haarsträhne, die sich aus dem Pferdeschwanz gelöst hatte, aus dem Gesicht und verteilte dabei ihren Mösensaft auf Stirn und Haaren. Auch ohne Spiegel wusste sie, dass sie nun ramponiert aussah und nach Geilheit roch. Somit auch äußerlich ganz das verdorbene Luder abgab, das sie innerlich heimlich war.

Eigentlich hätte Sunita das peinlich sein sollen, aber das war es nicht, sondern ihr Inneres nach außen zu kehren und ihr wahres Ich zu zeigen war wie ein Befreiungsschlag.

Nur Rage würde sie so sehen. Sie brauchte sich keine Gedanken darüber zu machen, was er von ihr dachte, denn sie war in diesem Zustand – schmutzig, vor Geilheit und Angst zitternd und ihm ihre Geheimnisse verratend – genau so, wie er sie haben wollte.

Sie hatte erwartet, dass er die Wäscheklammern weglegen würde, doch er entfernte auch die von ihrem linken Nippel, steckte zwei der Klammern unter ihre Achseln und hielt ihr die andere vor den Mund. «Zeig mir deine Zunge!»

Zuerst war Sunita irritiert, dann folgte sie seinem Befehl. Er klemmte mit der dritten Klammer ihre Zungenspitze ein.

«Schön rausgestreckt lassen.» Er tätschelte ihre Wange, als wäre sie ein unmündiges Kleinkind.

Sie spürte nur einen Druck an ihrer Zunge. Das würde sie aushalten können. Dachte sie zumindest. Sie wurde sich jedoch sehr schnell bewusst, dass das nicht so bleiben würde. Ein leichter Schmerz machte sich bemerkbar. Unauffällig schlich er sich an. Und wurde stärker. Speichel rann aus ihren Mundwinkeln. Sunita fühlte sich entstellt und erniedrigt. Auch die Klammern in ihren Achselhöhlen waren inzwischen unangenehm. Die dünne Haut rebellierte und sandte schmerzhafte Wellen aus. Das alles war zu ertragen. Noch. Aber je länger sie die Klammern an diesen außergewöhnlichen Stellen tragen musste, desto schlimmer würden die Schmerzen werden.

Rage schien die Klemmen bereits vergessen zu haben, denn er holte eine Pinzette aus seiner Gesäßtasche und sagte: «Ich werde dir die Großzügigkeit erweisen und dir deinen Wunsch erfüllen. Eine kleine Belohnung für deine Offenheit.»

Er ließ sich auf ein Knie nieder. Eine Weile betrachtete er ihre aufklaffende Möse. Es zuckte in Sunitas Schenkeln. Instinktiv wollte sie ihre Beine schließen, doch die Fesselung machte das unmöglich. Sie war Rage ausgeliefert, sie kam sich dabei so schrecklich hilflos vor und gleichzeitig machte es sie heiß, dass er sie seinem Willen vollkommen unterwarf.

Bisher war er nicht zu weit gegangen.

Er hatte Sunita zwar an den Abgrund gedrängt, sie aber nicht hinuntergestürzt.

Als er mit der Pinzette nah an ihre Klitoris kam, riss Sunita jedoch an ihren Fesseln. Sie winselte leise und schob ihr Becken in verschiedene Positionen, soweit das möglich war. Ihre Arschbacken spannten sich an und sie spürte den Analplug jetzt umso deutlicher. Eine gewisse Taubheit hatte sich in ihren nach oben gereckten und nach hinten gebogenen Armen eingestellt, aber die Haltung war dennoch unangenehm. Die Wäscheklammern bissen in ihre Achseln, ihre Zunge pochte und ihr Kinn war voller Sabber.

Blitzschnell riss Rage eines ihrer Schamhaare aus. Sunita schrie auf. Ihr Kraushaar war zwar gestutzt, besaß aber noch in etwa die Länge der Augenbrauenhärchen. Er hatte doch nicht etwa vor, ihre Möse auf diese grausame Art blank zu zupfen?

Er rupfte ein zweites Haar aus, diesmal eines im hinteren Bereich ihrer Muschi. Sunita jammerte. Ihr Gesicht war schmerzverzerrt. Glücklicherweise hielt der Schmerz nicht lange an. Er war kurz und beißend. Zurück blieb Feuer. Eine Hitze, die ihre Säfte zum Fließen brachte.

Ein drittes Haar musste dran glauben und sofort ein viertes und fünftes. Das war zu viel für Sunita. Sie bebte, ihr Unterleib zuckte und Mösensaft schoss aus ihr heraus. Sie spritzte ab, das erste Mal in ihrem Leben, hatte es nicht einmal kommen spüren, es war einfach so passiert.

Ihr Gesicht glühte vor Scham. Sie starrte die Kellerdecke an. Was war sie nur für eine Schlampe? Sie gehörte für immer in diesem Keller weggesperrt, denn sie war nicht normal, viel zu geil für eine Frau. Frauen hatten sich zu zieren, nicht geil zu sein, durften nicht ficken wollen, sondern nur Liebe machen, und hatten von einem Mann wie Rage angewidert zu sein, aber im Moment wollte sie nirgendwo anders sein als bei ihm.

Rage verstand, wie sie tickte. Er war der Deckel zu ihrem Topf.

Sie brauchte sich nicht zu schämen, was ihr noch bewusster wurde, als er sagte: «Ich bin beeindruckt. Aber mal sehen, wie du damit klarkommst.»

Diese vage Andeutung machte sie nervös. Was hatte er noch in petto, mit dem er sie quälen – verwöhnen – würde?

Bevor er um sie herumging, löste er vorsichtig die Klammer von ihrer Zunge. Mit dem Blut schoss auch der Schmerz hinein. Sunita hielt ihre Zunge noch einige Sekunden herausgestreckt, bis der Schmerz den Zenit überschritten hatte, machte dann einige Übungen, um die Verkrampfung zu lösen, und saugte den Speichel ein.

Sie wünschte sich, eine Hand freizuhaben, um die Spucke von ihrem Kinn zu wischen, aber sie wusste, dass es keinen Sinn hatte, Rage darum zu bitten. Er würde sie nur auslachen und etwas sagen wie: «Wer unten sabbert, kann auch oben sabbern.»

Er kehrte in ihr Sichtfeld zurück, mit einer Peitsche in der Hand. Er hatte den mit Leder umwickelten Griff fest gepackt und schwang sie hin und her, damit Sunita den Tanz des Lederriemens sehen konnte. Das sollte ihr Angst einjagen, und Rage war erfolgreich damit.

Zu ihrem Erstaunen stellte er sich nicht hinter sie, um ihren Rücken zu peitschen, sondern er begann damit, ihren Bauch mit sanften Schlägen zu streicheln. Ja, streicheln, mehr war es anfänglich nicht. Rage schlug so sanft zu, dass Sunitas Haut angenehm prickelte.

Als er sich dann ihren Tittchen widmete, ging ihr Atem schneller, denn sie waren durch die vorangegangene Behandlung sehr empfindlich und ein erster leichter Schmerz machte sich bemerkbar. Er war keineswegs unangenehm, sondern löste Glücksgefühle in Sunita aus, die ihr lustvolle Seufzer entlockten.

Plötzlich holte Rage weit aus und entfernte mit einem kräftigen Schlag die Wäscheklammer aus ihrer rechten Achselhöhle.

Sunita kreischte. Sie versuchte sich zu krümmen und den Arm herunterzunehmen, um ihre Achselhöhle zu schützen, aber die Fesselung hinderte sie daran. Noch nie hatte ein Dominus diese Körperpartie mit ins SM-Spiel einbezogen. Das war ihr völlig neu, umso erschreckender und geiler, durchdringend, weil sie es gewohnt war, wenn ihre Tittchen und ihre Möse wehtaten, aber das war eine ganz neue Empfindung.

Wieder streichelte er ihren Bauch und ihre Brüste mit regelmäßigen Peitschenhieben, doch diesmal war Sunita gewarnt. Diese Sanftheit passte nicht zu Rage, sie war wie eine Drohung, die Ruhe vor dem Sturm. Ihr Blick glitt zu der verbliebenen Wäscheklammer in ihrer linken Achselhöhle. Stumm sah sie ihren Peiniger an und schüttelte immer wieder und wieder den Kopf. Unter keinen Umständen wollte sie die Klammer durch die Peitsche loswerden.

Aber Sunita wusste, es würde geschehen. Egal, wie sehr sie sich dagegen wehrte, Rage würde sie abschlagen. Es war brutal, es war grausam. Sie hasste ihren Peiniger für seine Grausamkeit. Warum schob sie ihm dann ihren Unterleib entgegen, als wolle sie ihn auf diese Weise anbetteln, lieber ihre Muschi zu peitschen, anstatt die Klammer abzuschlagen?

Dann geschah es. Der lederne Peitschenriemen traf die Wäscheklammer, sie wurde von der dünnen Haut gerissen und flog in hohem Bogen weg. Sunita brüllte. Eine Träne löste sich aus ihrem Auge und rollte über ihre Wange. Schluchzend rang sie nach Atem und schaute an ihrem Körper herunter. Ihre Achseln waren genauso gerötet wie ihr gepeitschter Oberkörper.

Sie sah misshandelt aus. Und viel hübscher als noch vor einer halben Stunde.

Rage stellte sich ganz nah vor sie, griff um sie herum und knetete gefühlvoll ihre Arschbacken. Sunita lehnte sich gegen ihn. Ihr Peiniger war erbarmungslos und doch so gut zu ihr. Er erkannte ihre Bedürfnisse auch unter ihrer Abwehr.

Seine Hände glitten in ihre Spalte, doch er suchte nicht ihre Möse, sondern den Plug und drehte ihn. Ihre Rosette kribbelte. Auch sie war von den Qualen nicht unbeeindruckt geblieben. An den Eindringling hatte sie sich jedoch längst gewöhnt.

Dann zog Rage an dem Stöpsel. Ihr enges Loch wurde weiter gedehnt. Sie spannte ihre Pomuskulatur an. Aufbrausend schlug Rage ihr fest auf den Hintern. Eine Welle der Geilheit erfasste sie. Sie ließ locker. Als er das spürte, zerrte er wieder am Plug, diesmal fester, sodass ihr After gespreizt wurde, immer weiter und weiter, bis Sunita befürchtete, er könnte reißen, aber das tat er nicht, denn Rage machte langsam.

Es dauerte eine Ewigkeit, bis der Plug aus ihr herausrutschte. Rage schob ihn zwischendurch immer wieder ganz in den After zurück, nur um ihn noch einmal aus dem engen Loch ziehen und den Kampf zwischen Anspannung und Entspannung, Furcht und Lust erleben zu können.

Als der Stöpsel nicht mehr ihren Hinterausgang verstopfte, fühlte sich Sunita leer. Da war sogar etwas Traurigkeit in ihr, mehr als Sehnsucht. Ihre Rosette pochte, sie öffnete sich immer wieder, als wollte sie Rage locken, aber er warf den Plug auf einen Tisch in der Nähe.

Wieder tauchte er in den toten Winkel hinter ihr ein. Er musste dort ein Spielzeuglager eingerichtet haben. Mit einem handlichen, länglichen Gerät kehrte er zurück. Es sah aus wie ein Vibrator mit einer Kugel am oberen Ende.

Erst auf den zweiten Blick erkannte Sunita, dass ein Kabel zu jenem Tisch führte, auf den Rage nun einen kleinen Kasten stellte. Ihre Augen weiteten sich vor Schreck. Sie sah Regler und eine winzige Anzeige.

Rages Lachen wurde vom Motorradhelm gedämpft. Er drehte einige Knöpfe an dem Elektrostimulationsgerät und stellte sich breitbeinig vor Sunita, das Handgerät, den Teaser, wie einen Colt gezückt, als wolle er sie zum Duell herausfordern.

Nur dass sie gefesselt war und sich nicht wehren konnte. Dumm gelaufen.

Blitzschnell fuhr seine Hand nach vorne und das Gerät streifte Sunitas Bauch.

Sie schrie, schreckte panisch zurück und zappelte, aber ihre Bemühungen waren lächerlich. Die Kugel am Ende des Geräts sandte elektrische

Wellen aus, die verflucht wehtaten. Sie liebte den Schmerz, aber auch für sie war das eine Herausforderung.

Rage schockte ihre linke Brust.

Er hielt das Gerät nur kurz an das pralle Fleisch, aber Sunita zerrte an ihren Fesseln, als hätte er die Kugel in ihre Möse geschoben und dort stecken gelassen. Der Schmerz war stark, intensiver als alles, was er ihr zuvor angetan hatte, aber er war nur von kurzer Dauer. Immer wenn das kugelförmige Ende ihre Haut berührte, raubte die Qual Sunita die Luft. Aber schon wenn Rage den Teaser wegnahm, hörte der Schmerz auf und zurück blieb ein unvergleichliches Kribbeln, das ihre Säfte zum Fließen brachte. Sie schwitzte und ihre Oberschenkel waren über und über mit ihrem Mösensaft bedeckt.

Als Rage das Schockgerät zweimal kurz hintereinander an ihren Nippel hielt, kam nur noch ein Gurgeln aus ihrem Mund. Tränen rannen ihre Wangen herab. Sie schluchzte und wimmerte. Vergeblich versuchte sie der Kugel auszuweichen.

Er drückte mit dem Ende des Handgeräts Sunitas andere Brustwarze in die prallen Hügel. Und sie fing an zu betteln, ganz von selbst. «Bitte nicht, es tut weh, es tut so weh. Ich mache alles für dich, alles, was du willst.» Sie jammerte und flennte und erreichte rein gar nichts damit.

Unbeeindruckt streichelte er mit dem Teaser ihre Achseln. Als er ihre Wangen damit berühren wollte, drehte Sunita immer wieder ihr Gesicht weg, was dazu führte, dass ihre Ohrmuscheln geschockt wurden.

Ausnahmsweise ließ ihr Peiniger es dabei bewenden, zumindest was ihren Kopf betraf. Er drehte den Pegel runter und hielt das Gerät zwischen ihre Beine, ohne sie zu berühren.

Panik wallte in ihr hoch. Ihre Schenkel zuckten unkontrolliert. Tapfer kämpfte Sunita gegen ihre Furcht, aber sie schaffte es nicht, sich zu beruhigen.

«Pinkel!», befahl Rage ihr plötzlich. Sie glaubte, sich verhört zu haben, doch er wiederholte seine Anweisung: «Piss einfach und ich werde deine Möse verschonen.»

Sie nickte. Ein guter Deal. Das war machbar. Sie konzentrierte sich auf ihre Blase, aber kein einziges Tröpfchen fiel zu Boden.

Als Rage kurz ihre großen Schamlippen mit dem Teaser streifte, kreischte sie auf, verschluckte sich an ihrem Speichel und begann zu husten. Ihr Peiniger wartete, bis sie sich einigermaßen beruhigt hatte, und schockte dann ihre kleinen Schamlippen. «Als Motivation.»

«Du hast gesagt, du würdest meine Muschi verschonen.» Ihr Gesicht war tränenüberströmt, aber ihr Unterleib stand in Flammen. Am liebsten hätte sie Rage in diesem Moment umgebracht, aber noch lieber hätte sie sich ihm zu Füßen geworfen, um ihm für die neuen Erfahrungen zu danken. Er wusste eben, was sie anmachte.

«Je eher du pinkelst, desto weniger wird deine Möse unter der Elektrofolter leiden.» Er tippte ihre feuchte Öffnung an und sie kreischte ohrenbetäubend. «Wasser leitet Elektrizität und du bist sehr nass da unten.»

Das würde sie nicht lange aushalten. Sie musste dringend pissen, damit er mit der Tortur aufhörte. Doch so sehr sie sich konzentrierte, der Muskel, der ihre Harnröhre verschloss, blieb verkrampft. Langsam kam der Teaser ihrem Kitzler näher. Sie weitete ängstlich ihre Augen und schob ihr Becken immer wieder vor, als könne sie so den Natursekt aus sich herauspumpen. Ein paar Tropfen lösten sich. Mehr nicht. Sunita war schweißgebadet. Sie liebte den Schmerz, aber diese Elektrostimulation war auch für sie zu viel des Guten. Diese höllische Qual hielt sie höchstens an ihrem Oberkörper aus.

Plötzlich drückte Rage den Teaser gegen ihre Klitoris.

Sunita schrie aus Leibeskräften, auch dann noch, als das Gerät längst wieder eine Handbreit von ihrer Möse entfernt war. Qual war das Zentrum ihrer Lust und Rage hatte mitten hineingestoßen, sodass die Geilheit durch ihren ganzen Körper waberte und ihre Nervenenden elektrisierte.

Ein Schwall Urin schoss aus ihr heraus. Kurz versiegte der Strom, doch dann entleerte sich ihre Blase vollkommen. Der Boden zu ihren Füßen war mit ihrem Natursekt bedeckt. Sunita schämte sich, aber sie war auch stolz.

Zufrieden machte Rage das Elektrostimulationsgerät aus. Er kehrte mit einem Vibrator zu Sunita zurück, der dem Teaser ähnlich war, denn er besaß ebenfalls eine Kugel am oberen Ende. Laut summte er, als Rage ihn anstellte, viel lauter als ein normaler Vibrator.

Sunitas Vermutung, dass die Vibration weitaus stärker als üblich war, bestätigte sich, kaum dass Rage die Kugel gegen ihren Kitzler drückte. In einem Moment war da noch das verbliebene Kribbeln des Elektroschocks, im nächsten schoss ihre Geilheit so in die Höhe, dass ihr schwindlig wurde.

Sie hielt den Atem an, ihr Körper verkrampfte sich lustvoll und dann kam sie – schneller als jemals zuvor.

Zuckend hing sie in den Fesseln und musste dabei wie eine Marionette aussehen, die sich von ihren Fäden losreißen wollte. Der Orgasmus erschütterte sie, als hätte ein Intercity sie mitgerissen und würde sie nun bei rasender Geschwindigkeit vor der Lok herdrücken. Und er wollte nicht aufhören, weil Rage den Vibrator nicht wegnahm.

Unnachgiebig hielt er ihn gegen ihren Kitzler. Es folgte ein Höhepunkt auf den nächsten.

Rage kontrollierte Sunita mehr, als er es bisher getan hatte. Er wollte sie immer wieder kommen sehen, also brachte er sie dazu. Er ignorierte ihr Stöhnen, das immer mehr nach Leid als nach Lust klang, ließ sich nicht von ihrem Wimmern erweichen, weil sie sich durch das unkontrollierte Zucken ihres Körpers kurzfristig selbst würgte, und legte den Vibrator erst weg, als sie völlig erschöpft in den Seilen hing und weinte.

Sie war am Ende ihrer Kräfte. Genau da, wo er sie haben wollte. Schachmatt vor erfüllter Geilheit.

Damit sie sich nicht strangulierte, beeilte er sich, die Fesseln zu lösen, und fing sie auf, als ihre Beine entkräftet nachgaben. Vorsichtig trug er sie zur Couch, die gegenüber der Musikinstrumente und dem Mikrofon seiner Metal-Band «Hard 'n heavy» stand, und legte sie behutsam darauf. Nachdem er sich gesetzt hatte, bettete er ihren Kopf auf seinen Schoß. Er zog den Helm aus. Zärtlich streichelte er ihren geschundenen Körper.

Die Neugier gab Sunita zumindest so viel Kraft, dass sie die Augen öffnen konnte. Sie lächelte ihren Peiniger an.

Endlich hatte sie einen Mann gefunden, der bereit dazu war, sie wirklich leiden zu lassen. Bisher hatte sie immer nur Liebhaber oder Spielpartner gehabt, die nicht bereit waren, über eine gewisse Grenze hinauszugehen, eine Grenze, die weit unter der von Sunitas lag. In den Medien hörte man oft von sadistischen Kriminellen. Aber sie hatte die Erfahrung gemacht, dass es sehr wenige Männer gab, die es tatsächlich fertigbrachten, einer Frau Lustschmerzen zuzufügen, die über das lasche Hinternversohlen hinausgingen.

Außerdem hatte sie einen Mann gesucht, der versaut war und sich so richtig gehen lassen konnte. Sie träumte davon, sich in Säften zu baden, mit vollem Körpereinsatz zu ficken und alles auszuprobieren, was «safe, sane and consensual» war. Viele Männer teilten diesen Wunsch, aber Sunita war nur solchen begegnet, die das auf ihre eigene Geilheit bezogen und nur ihren eigenen Höhepunkt im Sinn und Sunitas Lust vernachlässigt hatten.

Dean war anders. Er bespielte ihren ganzen Körper. Ausgiebig. Hemmungslos. Und stellte seinen Orgasmus hinten an.

«Herzlich willkommen in London, Sunita», sagte er. Seine blonden Haare standen verschwitzt nach allen Seiten ab. «Hoffentlich hat dir mein Geschenk gefallen. Ich möchte doch, dass du dich hier rundum wohlfühlst und lange bleibst.»

Vor einem Monat war sie von Neu-Delhi nach England gezogen, um an der University of London ein Auslandssemester in Informatik zu absolvieren. Sie konnte ihr Glück noch immer nicht fassen, dass sie Dean bei einer SM-Party kennengelernt hatte. Er sah so harmlos aus, aber in ihm wohnte ein Teufelchen.

Sie zog ihn zu sich herunter und küsste ihn liebevoll und dankbar. «Du bereitest einer Masochistin den perfekten Empfang.»

Zufrieden lehnte er sich zurück und holte seinen harten Schwanz aus der Hose. Sunita brauchte nur ihren Kopf zu drehen und die Eichel mit ihrem heißen Atem zu kitzeln, schon spritzte er in ihr Gesicht ab.

Analknecht

«Hey, lasst den Jungen in Ruhe!», hallte es durch den nächtlichen Wald.

Die kräftige dunkle Reibeisenstimme ließ die beiden Männer zusammenzucken. Sie drehten sich zu dem Mann um, der sich hinter ihnen aufbaute. Seine Miene ließ keinen Zweifel daran, dass er seine Fäuste einsetzen würde, sollten die Kerle Pete nicht in Ruhe lassen.

Pete Ward war das erste Mal zu diesem inoffiziellen Ficktreff im Stadtwald gekommen. Erst vor einem Monat war er von Wales nach Hessen gezogen, weil er sich innerhalb seiner Firma hatte versetzen lassen, um internationale Erfahrung zu sammeln. In Cardiff hatte er seine Stammkneipe gehabt, in der er sich mehrmals in der Woche mit immer denselben Gesichtern getroffen hatte, um im angrenzenden Darkroom zu ficken. In Wiesbaden kannte er noch niemanden, aber im Internet hatte er das Gerücht gelesen, dass sich die Schwulen nachts im Stadtwald träfen.

Also hatte er sich in dieser lauschigen Sommernacht auf die Suche gemacht. Er hatte schon einen Steifen gehabt, als er am Waldrand angekommen war. Doch dann war er diesen Typen begegnet, die ihn blöd angemacht hatten. Er wusste nicht, ob sie vorhatten, ihn zusammenzuschlagen oder zu vergewaltigen.

Aber nun war sein Retter aufgetaucht, ein edler Ritter, zwar nicht in schillernder Rüstung, sondern in einem engen Muscleshirt und Lederhose, beides schwarz, aber nicht minder beeindruckend. Er war ein bulliger Typ, nicht dick, sondern auf eine attraktive Art kräftig gebaut. Eine Stämmigkeit, die Stärke ausstrahlte, einschüchternd und anziehend zugleich wirkte, und die Geborgenheit schenken oder vernichten konnte. Er besaß diese machohafte Ausstrahlung, die vielen Italienern anhaftete, ein wenig überspitzt und dennoch konnte man sich ihr nicht entziehen.

Die beiden Kerle warfen ihm einen vernichtenden Blick zu, gingen dann jedoch leise Flüche aussprechend weiter.

«Danke, Mann.» Erleichtert seufzte Pete.

Der Fremde kam näher. Er baute sich vor Pete auf und schaute auf ihn hinunter, denn er war gut einen Kopf größer. «Ich bin Paolo.»

«Pete.»

«Zeig dich mal», forderte Paolo ihn auf. «Ich will sehen, was für einen Fang ich gemacht habe.»

Fang? Pete sah ihn verdutzt an, unsicher, wie er das verstehen sollte. Wollte Paolo seinen Ausweis sehen? Nein, dann hätte er die Aufforderung anders formuliert. Wie eine Art Parkwächter oder Polizist in Zivil sah er wahrlich nicht aus. Schließlich drehte Pete sich einmal um seine Achse.

«Nicht so.» Ungeduldig wedelte Paolo mit der Hand. «Runter mit den Klamotten!»

Definitiv kein Sittenwächter, dachte Pete, sondern einer von uns. Sein Herz begann plötzlich so heftig gegen seinen Brustkorb zu schlagen, als wollte es diesen zum Bersten bringen. Der Kerl gefiel ihm, sehr sogar, besonders die dicke Beule in seiner Lederhose, aber normalerweise spielte Pete in einer anderen Liga. Seine Fickkumpels waren bisher alle klein und drahtig gewesen wie er selbst, und sie nahmen alles, was sich in den Darkroom traute. Paolo dagegen schien genau auszuwählen. Er wollte erst eine Fleischbeschau, bevor er sich entschied, ob er Pete die Gnade erwies, ihn ranzulassen oder eben nicht.

Paolo verschränkte die Arme vorm Oberkörper. «Soll ich dir die Klamotten vom Körper reißen? Dann würden nur noch Fetzen übrig bleiben und du müsstest nackt nach Hause gehen. Aber vielleicht gefällt dir die Vorstellung ja sogar.»

Pete riss beide Arme hoch, um zu signalisieren, dass er es freiwillig machen würde. Langsam zog er sein T-Shirt über den Kopf. Er war nicht unansehnlich, wünschte sich aber in diesem Augenblick mehr Sit-ups und Liegestütze gemacht zu haben. Nun musste er Paolo mit seinem rasierten, flachbrüstigen Oberkörper und seinen schlaksigen Armen beeindrucken. Immerhin war er gebräunt, weil er einmal die Woche ins Solarium ging. Aber vielleicht stand der Kerl ja auf feminine Männer.

Während er seine Jeans aufknöpfte, linste er zu Paolo und war enttäuscht, dass dieser völlig cool blieb, es imponierte ihm jedoch auch. Er schob die Hose über seinen kleinen, knackigen Hintern. Sein Schwanz beulte seinen engen, weißen Slip aus.

Einen Moment wartete er, doch als eine Reaktion ausblieb, ließ er auch das letzte Stück Stoff auf den Waldboden fallen.

Gemächlich schritt Paolo um ihn herum. Er musterte ihn, nein, er begutachtete ihn wie Vieh auf einem Viehmarkt. Ungeniert zog er ihm die Arschbacken auseinander. Er rieb mit einem Finger über die Rosette und stieß plötzlich hinein.

Erschrocken spannte Pete seinen Hintern an. Daraufhin schlug Paolo ihm gegen den Hinterkopf, nicht fest, aber dennoch bestimmt, sodass er sich bemühte, locker zu lassen.

Einige Male fickte Paolo ihn mit dem Finger, um die Reaktion seines Arschmuskels zu prüfen. Als der Muskel sich pulsierend immer wieder dehnte und sich dann um den Finger presste, entfernte sich Paolo aus dem Anus.

«Du bist schon zugeritten worden.» Zufrieden brummte er. «Kein Anfänger, gut.»

Er führte seine Inspektion weiter durch, tätschelte Petes Schwanz, um sich an dessen Wippen zu ergötzen, und wog die Hoden.

Pete machte es unendlich geil, so abgetastet zu werden. Das hatte noch nie einer mit ihm gemacht. Die Kerle in Cardiff waren immer sofort über ihn hergefallen: lecken – poppen – fertig.

Paolo trat einen Schritt zurück und verschränkte die Arme vor dem Brustkorb. «Wichs deinen Schwanz, damit ich ihn in voller Pracht sehen kann.»

Wieso hörte sich alles, was Paolo sagte, wie ein Befehl an? Und warum erregte es Pete, wenn er so mit ihm sprach?

Sein Blick glitt zu der Laterne, die einige Meter entfernt neben einer Parkbank stand. Am Rand der Grünfläche war es viel zu hell. Ihm wäre es lieber gewesen, sich im Schutz der Bäume und Büsche zu vergnügen. «Können wir nicht tiefer in den Wald hineingehen?»

«Nun mach schon!», harschte der bullige Kerl ihn an. «Du schuldest mir was, verstanden? Nichts ist umsonst im Leben.»

Seine Art verwirrte Pete auf bittersüße Weise. «Was willst du?»

Paolo beugte sich diabolisch lächelnd vor, presste seine Hand um Petes Penis und drückte zu. «Deinen Gehorsam.»

Petes Schwanz zuckte wie verrückt. Diese kräftige Pranke drückte fest zu. Paolo schien nicht gerade zimperlich mit seinen Fickpartnern umzugehen. Und er hatte Pete dazu auserkoren, einer seiner Fickpartner zu werden. Falls er die Musterung bestand. Wollte Pete das überhaupt? Er bekam Angst, weil er sich nicht ausmalen konnte, was gleich geschehen würde. Gehorsam, das konnte vieles bedeuten, Gutes wie Schlechtes. Sack, schimpfte er mit sich selbst, du bist so geil wie lange nicht mehr. Das war ihm Antwort genug.

Paolo ließ Petes Glied los und richtete sich wieder auf. «Wenn ich warten muss, werde ich ungenießbar.»

Pete wunderte sich über seine eigene Schüchternheit. Normalerweise war er aktiv bei der Sache. Aber Paolo wirkte einschüchternd – und er hatte die Macht, ihn zu unterwerfen, dessen wurde er sich nun bewusst. Nicht nur, dass er ihn zu Boden werfen und ohne sein Einverständnis nehmen konnte – selbst dieser Gedanke gefiel Pete, stellte er fest –, Paolo raubte ihm den Verstand. Er konnte gar nicht anders, als seinen Anweisungen Folge zu leisten, einfach nur weil er diese Forderungen so selbstverständlich stellte, dass es genauso selbstverständlich war, sie auszuführen.

Pete nahm seinen Schwanz in die Hand und begann ihn zu streicheln. Wichsen war so viel geiler, wenn man einen Zuschauer hatte, besonders einen Fremden. War das die Erklärung für seinen erhöhten Puls, dass er es nicht mit einem seiner langjährigen Kumpels trieb, sondern mit einem Kerl, den er nur wenige Minuten kannte? Er wusste rein gar nichts von Paolo, nicht einmal, ob das sein richtiger Name war. Aber spielte das eine Rolle?

Nein, tat es nicht, das wurde ihm klar, als sein Schwanz unter seinen Wichsbewegungen weiter anschwoll. Wichtig war nur, dass sie dasselbe Ziel hatten: einen richtig geilen Fick im Gebüsch zu haben. Was Pete anmachte, waren nicht langweilige Fakten – was Paolo für einen Wagen fuhr, welchen Job er ausübte und in welchem Stadtviertel er wohnte –, sondern die Art, wie er über ihn herrschte. Er ahnte, dass Paolo sich (noch?) zurückhielt und es sicherlich noch eine Gangart härter mochte, aber er gab ihm, Pete, Zeit, sich an sein Herrschen zu gewöhnen.

Er rieb seinen Schwanz härter, weil ihn der Gedanke geil machte, dass Paolo der König des Stadtwalds war, nicht nur ein einfacher Ritter, wie er anfangs gedacht hatte, sondern ein Gebieter, *sein Gebieter.*

Sein Atem beschleunigte sich. Er leistete Höchstarbeit, rubbelte immer kräftiger über seinen Steifen, der nicht mehr steifer werden konnte.

Bis Paolos Stimme die Stille durchbrach: «Genug! Wir wollen doch nicht, dass du vor mir kommst, nicht wahr?» Er kam zu ihm und tätschelte seine Wange. «Das wäre nicht gut für dich.»

Sofort ließ Pete von seinem Penis ab. Sein Brustkorb hob und senkte sich. Er rang nach Luft und beobachtete Paolo, der ein kurzes Lederband aus seiner Hosentasche holte.

«Aaaah, diese jungen Schwänze», sagte er und schlug ein Mal mit der Hand auf Petes Steifen, sodass dieser federte. «So leicht zu erregen und stehen wie eine Eins.»

Geschickt wickelte er das Lederband um die Hoden, dann führte er es zusätzlich um den Schwanz herum und verknotete es an der Peniswurzel.

Petes Geschlecht schimmert in einer Mischung aus Rot und Lila, weil das Blut sich darin staute. Seine Säckchen waren prall und sein Schwanz stand steif ab, und das würde auch so bleiben, bis Paolo das Band wieder löste, denn es verhinderte, dass das Blut zurückfloss und der Penis erschlaffte.

Seine Geilheit lag in Paolos Hand.

Natürlich hätte Pete sein Geschlecht selbst befreien können, aber obwohl es Zauberei nur in Märchen und Fantasyromanen gab, spürte er die Magie in diesem Moment. Ihm war, als wäre das Band von Paolo verzaubert worden und nur dieser könne es entfernen.

«Knie dich hin und leck mich.» Hart packte er Petes Nacken und drückte ihn zu Boden. «Du machst deinen Job besser gut, sonst werde ich dich bestrafen müssen.»

«Was?» Ungläubig schaute Pete zu ihm auf. Er kniete nun vor dem König wie ein Bettler, nackt und auf bizarre Weise gefesselt, dem Gutdünken seines Herrn ausgeliefert.

Gemächlich befreite Paolo seinen Schwanz aus der Hose. Enttäuscht stellte Pete fest, dass das Glied erst halb erigiert war. Fand der Kerl ihn gar nicht richtig geil? Fickte er nur mit ihm, weil er niemand anderen gefunden hatte?

Na warte, dachte Pete und nahm den Schwanz so tief in den Mund auf, wie es ihm möglich war. Er begann kräftig zu saugen. Schon richtete sich das Glied ein Stück mehr auf. Er sammelte Speichel in seinen Wangentaschen, damit sein Mund richtig schön glitschig war, wie eine feuchte Möse, und schmierte den Penis damit ein.

Ich bin dafür bekannt, eine verdammt gute Mundhure zu sein, feuerte sich Pete selbst an, du wirst dich noch nach mir verzehren.

Immer wieder zog er sich zurück und neigte sich nach vorne, sodass der Schwanz seinen Mund fickte, ohne dass Paolo sich bewegen musste. Er saugte kräftig an dem harten Penis, seine Wangentaschen wölbten sich nach innen. Pete ließ den Steifen aus seinem Mund herausgleiten und hielt die Eichel sanft zwischen seinen Zähnen fest. Während er an der Schwanzspitze nuckelte, schob er mit der rechten Hand die Vorhaut vor und zurück, mit der linken massierte er die Hoden.

Paolo hielt sich an Petes Kopf fest und stöhnte kehlig wie ein Platzhirsch, der durch wildes Röhren sein Revier verteidigte oder durch Brunftschreie seine Paarungsbereitschaft signalisierte.

Nun kommt die Königsdisziplin, spaßte Pete in Gedanken. Er war stolz auf sein Können und hatte damit schon so manchem Fickkumpel imponiert. Mit einer Hand hielt er den Schwanz fest. Er schloss kurz seine Augen, um sich zu konzentrieren. Als seine Kehle entspannt war, legte er den Kopf leicht in den Nacken und führte das steife Glied bis in seinen Rachen ein.

Pete schaute Paolo an, der es kaum fassen konnte, dass Pete den Deep-Throat beherrschte. Mit aufgerissenen Augen stand er vor ihm, die Geilheit ins Gesicht geschrieben. Petes Penis pochte, weil es ihn geil machte, andere geil zu machen. Schmerzhaft schnitt das Lederband ihm ins angeschwollene Fleisch, aber das machte ihn nur noch heißer.

Paolo reagierte unerwartet. Er entzog Pete sein Glied und rümpfte die Nase. Während er sprach, ließ er seine Hose herab und hielt sie fest, damit sie nicht zu Boden fiel. «Ich sehe Stolz in deinen Augen, aber ein Analknecht muss demütig sein. Ich werde dir deinen Hochmut austreiben müssen. Los, leck mein Arschloch!»

Daraufhin drehte er sich um und präsentierte Pete sein Hinterteil. Er hatte große, kräftige Backen, die Pete gefielen. Aber er hatte noch nie jemandem den Anus geleckt, ihn immer nur mit der Hand bearbeitet.

Als er nach dem Muskel tastete, schlug Paolo seine Hand weg. «Lecken, habe ich gesagt!»

«Das ... das mag ich nicht.»

«Wen interessiert das?», fragte der Bulle belustigt. «Ich bin dein Herr und Meister. Meine Meinung ist alles, was zählt.»

Pete konnte sich nicht überwinden.

«Geilt es dich nicht auf, meinen Befehlen zu folgen?» Grinsend zeigte er auf Petes abgebundenes Geschlecht.

«Doch schon, aber ...»

«Kein aber!», donnerte Paolos Stimme. Er zog seine Hose wieder an, griff in Petes Haar und zerrte ihn auf die Beine. «Ungehorsam zieht eine Strafe nach sich. Das habe ich dir bereits gesagt.»

Hatte er, aber Pete hatte gedacht, dass das nur eine leere Drohung war, um ihm ein wenig Angst einzujagen. Aber Paolo hatte es offensichtlich haargenau so gemeint. Pete ließ sich von dem bulligen Kerl zu einem Baum führen, gegen den er sich mit ausgestreckten Armen stützen musste. Sein solariumsgebräunter Hintern reckte sich Paolo entgegen. Er wagte nicht, sich zu bewegen. Stocksteif stand er da und wartete auf das, was nun geschehen würde. Sein Puls raste. Er fürchtete sich. Aber seine Eier wurden so prall, dass die Haut sich schmerzhaft spannte.

Paolo stieß seinen Fuß zwischen Petes Beine und schob sie weiter auseinander. Langsam, die Furcht in Petes Augen genießend, zog er den Ledergürtel aus seiner Hose. Einige Male schlug er probeweise in die Luft oder gegen die Zweige eines Busches.

Pete wähnte, dass er seine Angst damit schüren wollte, und er war erfolgreich damit. Wieso rannte er nicht weg? Seine Füße fühlten sich bleiern an. Während sein Verstand ihm riet, die Flucht zu ergreifen, reagierte sein Körper mit Geilheit. Seine Brustwarzen waren so erigiert, dass es wehtat. Er stand kurz davor, seinen abgebundenen Schwanz an der rauen Rinde des Baumstamms zu reiben, um endlich abzuspritzen.

Als der Ledergürtel das erste Mal auf seine rechte Arschbacke klatschte, schrie Pete auf. Paolo hatte nicht gerade sanft zugeschlagen, aber Pete ahnte, dass es noch fester ging, und versuchte sich nicht zu beklagen, um Paolo nicht noch mehr zu reizen. Sein Hintern brannte, aber das Brennen erlosch rasch wieder.

Es folgten zwei Schläge kurz hintereinander, einer auf die rechte und einer auf die linke Backe. Die rechte brannte wie Feuer, weil sie schon vorbehandelt war. Erneut sauste der Gürtel, mehrmals kurz hintereinander, sodass Pete auf der Stelle tänzelte, als wollte er dem Schmerz ausweichen. Doch sobald Paolo aufhörte, blieb er wieder artig stehen.

Pete war verwundert über sich selbst. So kannte er sich gar nicht. Lustschmerz war ihm nicht unbekannt, einige Fickpartner hatten ihn schon in die Brustwarzen gekniffen oder sogar gebissen, auch tat das erste Eindringen manchmal weh, aber er war noch nie geschlagen worden.

Dann überzog Paolo die Rückseite von Petes Oberschenkeln mit Schlägen. Ohne ihm eine Pause zu gönnen, jedoch nicht ganz so hart, peitschte er immer wieder auf die Beine ein, bis diese stark gerötet waren. Es kostete Pete große Mühe, nicht zur Seite zu springen. Aber kaum hatte er sich an den Schmerz gewöhnt, ging dieser in ein angenehmes Kribbeln über, das seine Geilheit nur noch schürte. Es fühlte sich an, als hätte man seine Oberschenkel mit Brennnesseln abgerieben, eine Mischung aus Schmerz und Prickeln, höchst bizarr und erregend.

«Das war nur zum Aufwärmen», erklärte Paolo und hörte mit dem Peitschen auf. «Die nächsten zwei Schläge werden richtig wehtun, um dir Demut einzubläuen.»

Bevor Pete etwas erwidern konnte, holte der Bullige weit aus und ließ den Gürtel auf die rechte Arschbacke niedersausen. Das Klatschen wurde von Petes Aufschrei übertönt. Im Gegensatz zu diesem Schlag waren die vorherigen nur ein leichtes Tätscheln gewesen.

Dann zeichnete Paolo auch seine linke Backe. Diesmal blieb Pete vor Schmerz die Luft weg.

Das Brennen hielt lange an. Sein Hintern tat verdammt weh. Er sprang auf der Stelle und rieb sich die Pobacken, was natürlich gar nichts half. Es erfreute lediglich Paolo, der wie gebannt abwechselnd auf Petes wippenden Schwanz und dessen gerötete Kehrseite schaute.

Er packte Pete und drückte ihn mit dem Rücken gegen den Baumstamm. Den Gürtel legte er um Petes Hals und überkreuzte die Enden, sodass das Band eng anlag. Er kniff in Petes Nippel und küsste ihn.

Pete war völlig perplex. Ein Kuss war etwas sehr Intimes für ihn, intimer als zu vögeln. Er konnte jeden Mann ficken, den er einigermaßen attraktiv fand, aber er küsste prinzipiell nur enge Freunde oder Liebhaber.

Aber Paolos Kuss hatte neben aller Vertraulichkeit auch etwas Besitzergreifendes, denn Paolo küsste ihn so hart, als wollte er Pete die Luft rauben. Doch das war es nicht, kam es Pete, Paolo erinnerte ihn nur daran, dass er Macht über ihn besaß.

Als Paolo schließlich zu züngeln begann, war es um Pete geschehen. Dieser Wechsel von zart und hart machte ihn rasend. Er war so geil, dass er glaubte, jeden Moment abzuspritzen, denn nun holte Paolo wieder seinen Schwanz aus der Hose und drückte ihn gegen Petes Bauch und Glied. Die zwei steifen Penisse rieben aneinander, während die beiden Männer sich gegenseitig ihre Münder ausschleckten.

Sie küssten so feucht, dass ihnen der Speichel an den Mundwinkeln herausrann. Doch das kümmerte sie nicht. Sie verloren sich in dem Lecken und Schlecken, und Pete hatte sich noch nie so begehrt gefühlt.

Paolo saugte sich an Petes Lippen fest, als Revanche lutschte Pete an Paolos Zunge und dieser biss ihn daraufhin spielerisch in den Hals, woraufhin Pete aufschrie und Paolo diabolisch lachte.

«Wirst du jetzt mein Loch lecken?», fragte der Bullige.

«Gerne.» Pete war so geil, dass er alles für Paolo getan hätte.

Er kniete sich hinter ihn und wartete, bis Paolos Lederhose zu Boden glitt. Dann zog er die Arschbacken auseinander und fuhr mit der Breitseite seiner Zunge über die Rosette. Paolo stöhnte, das feuerte Pete an. Grinsend küsste er den Muskel und seifte ihn mit seinem Speichel ein. Er züngelte über den faltigen Ring, nahm belustigt wahr, dass er sich kurz öffnete und sofort wieder schloss, und wurde mutiger. Mit der Zungenspitze drang er in das Loch ein. Paolo gab einen tiefen Seufzer von sich und legte seine Hände auf die von Pete.

«Ah, das tut gut», sagte er weitaus sanfter als zuvor. «Mach weiter.»

Pete triumphierte, denn auch der starke Paolo schmolz langsam vor Geilheit dahin.

Zuerst zog Pete sich aus dem Anus zurück und schloss kurz die Augen, um sich auf den Geschmack zu konzentrieren. Er gefiel ihm, so schmeckte schmutziger Sex.

Dann öffnete er seine Augen wieder und drang mit der Zunge so tief ein, wie es ihm möglich war. Eine Weile bewegte er seine Zunge, um Paolos Inneres zu erfühlen und ihn zu erregen.

Irgendwann zog er sich zurück, stieß wieder hinein und fickte Paolo, er fickte den bulligen Kerl mit seiner Zunge und dachte daran, welches Bild sie für Spaziergänger abgeben mussten, die zufällig durch den Stadtwald schlenderten, um die laue Sommernacht zu genießen: zwei verschwitzte Körper, ein Mann, der einem anderen halb in den Hintern kroch, und zwei pralle Schwänze, die steif abstanden.

«Genug!», wetterte Paolo plötzlich und stieß ihn weg.

Dieser plötzliche Stimmungswechsel irritierte Pete. Doch als er Paolo ansah, wusste er, dass dieser nicht ruppig war, um ihn zu demütigen, sondern weil er endlich Erlösung finden wollte.

Paolo zeigte auf den Waldboden. «Bereite dich selbst darauf vor, von mir gevögelt zu werden, und zwar schnell. Knie dich auf alle viere und bearbeite dich.»

Unter anderen Umständen wäre es Pete peinlich gewesen, sich vor Paolo zu fingern. Normalerweise machte er das nur, wenn er alleine und zu Hause war, es gehörte zu seinem Wichsprogramm. Aber er wollte endlich Paolos Schwanz in sich spüren, deshalb spuckte er auf Zeige- und Mittelfinger und steckte sie in seinen After. Sofort begann er, sich selbst kräftig zu ficken. Er verbog sich, stocherte mit seinen Fingern wie wild in seinem Loch herum und bohrte auch den Ringfinger hinein, bis Paolo sich hinter ihn kniete.

«Nur Köter streifen nachts durch den Wald, also werde ich dich auch wie einen Köter ficken.» Ohne weitere Vorbereitung drang Paolo in ihn ein.

Pete machte es geil, wie Paolo mit ihm sprach. Er verspürte einen leichten Dehnungsschmerz, der ihn jedoch noch mehr berauschte. Gierig reckte er Paolo seine Kehrseite entgegen. Dieser sah es als Aufforderung und stieß tiefer hinein.

Schließlich steckte er bis zur Peniswurzel in Pete. Seine Hände suchten das Lederband, mit dem Petes Schwanz und Hoden abgebunden waren, und lösten es.

Pete gab einen Seufzer von sich. Wie eine läufige Töle ließ er seinen Hintern kreisen, um Paolo aufzugeilen und ihn dazu zu animieren fortzufahren. Er bot sich ihm an, seinen After, an einem öffentlichen Platz, und es war viel geiler als mit einem Bekannten in einem schäbigen Darkroom.

Paolo stützte sich auf Petes Rücken ab. Er fing an ihn zu stoßen, zuerst vorsichtig, dann immer heftiger, bis er ihn nach kurzer Zeit zügellos ritt. Kräftig stieß er in Petes After hinein, der seinen Schwanz mittlerweile bereitwillig aufnahm.

Der bullige Kerl fickte ihn kräftig und stöhnte dabei so laut, dass bald irgendjemand auf sie aufmerksam werden *musste. Vielleicht wollte der Kerl das ja sogar, eventuell machte ihn das noch zusätzlich an, wenn eine oder mehrere Personen zuschauten, während er einen anderen Mann zuritt, sich derbe in das Loch seines Analknechts hineinrammte und über ihn herrschte wie ein Ritter über seinen Knappen.*

Abrupt vergrub Paolo seine Hand in Petes Haaren, zog seinen Kopf nach hinten und stieß noch gewaltsamer zu.

Pete liebte es, grob gerammelt zu werden. Ein Schildknappe befand sich in der Ausbildung und würde nach erfolgreichen Lehrjahren eines Tages selbst den Ritterschlag erhalten. Genau das wollte Pete, er beneidete Paolo darum, wie selbstverständlich er herrschte. Das würde er auch lernen wollen, diese dominante Ausstrahlung, die selbstsichere Wortwahl, nur deshalb durfte Paolo wählen, wen er vögelte: Beurteilen und auswählen, genau das war es, als würde er eine Ware begutachten. Von allen Seiten betrachten, antesten und erst danach nehmen.

Pete war stolz, dass er Paolos Kriterien erfüllt hatte, und bemühte sich, seine Rosette zusammenzuziehen, um ihn zu melken, und weil er selbst erst kommen durfte, nachdem sein Herr gekommen war. Und verdammt, er stand so knapp davor, dass seine Hoden schmerzten. Da er Übung im Melken hatte, spritzte Paolo bald ab. Ein Schwall Sperma ergoss sich in Petes After, füllte ihn und kitzelte ihn von innen. Da spritzte auch er ab. Ein kräftiger Strahl schoss aus seinem zuckenden Schwanz, danach sprudelte der Rest in kleinen Schüben heraus und versickerte im Waldboden.

Paolo war außer Atem. Er zog sein erschlaffendes Glied aus Petes Anus und legte sich erschöpft auf den Rücken neben Pete, etwas, was dieser niemals erwartet hätte. Er war fest davon ausgegangen, dass der Bullige sich sofort anziehen und dann weiterziehen würde, weil er bekommen hatte, was er wollte. Glücklich lächelte Pete.

Nachdem sich Paolos Atmung beruhigt hatte, schaute er ihn ernst an. «Du weißt, dass es besser für dich ist, meine Befehle zu befolgen, richtig?»

Eifrig nickte Pete und legte sich flach auf den Bauch, um das Sperma länger in sich zu halten. Er wollte es gar nicht wieder hergeben, denn es war ein Geschenk seines neuen ... ersten Herrn. Am liebsten hätte er sich an Paolo geschmiegt, aber das wagte er nicht.

«Dann wirst du morgen um dieselbe Zeit genau an dieser Stelle sein.» Paolo stand auf, ging zu Petes Hose und durchsuchte die Taschen. Er fand, was er gesucht hatte, und schaute sich Petes Personalausweis genau an. «Nackt wirst du dich mit den Händen gegen den Baumstamm lehnen und warten, bis ich komme. Egal welches Geräusch du hörst, egal wer sich dir nähert, du wirst dort bleiben und warten. Habe ich mich klar ausgedrückt?»

«Ja», sagte Pete nur allzu bereitwillig, wenn auch ängstlich, denn Paolo kannte nun seine Adresse, aber selbst ohne dieses Druckmittel wäre er nur allzu gerne hierher zurückgekommen. Er bemerkte, wie sein Schwanz sich gegen den Waldboden drückte, weil er sich schon wieder aufrichtete.

Dies ist heiliger Boden, dachte er grinsend, denn hier hat der Herr seinen Analknecht das erste Mal gefickt.

Am liebsten hätte er an dieser Stelle übernachtet.

Der dunkle Lord

Als Cassandra Rodson den Fremden sah, bekam sie weiche Knie. Das war ihr schon lange nicht mehr passiert. Sie hatte ja bisher nicht einmal ein einziges Wort mit ihm gewechselt.

Wie angewurzelt stand die 21-Jährige in einem mit schwarzen Samtvorhängen abgedunkelten Saal und beobachtete, wie er eine Sklavin an einer dicken Gliederkette, die um ihren Hals lag, in die Mitte führte.

Im Gegensatz zu vielen Anwesenden, die sich in Lack und Latex gekleidet hatten, trug er nur eine einfache schwarze Stoffhose und ein dunkles Shirt, das sich eng an seinen wohlgeformten Oberkörper schmiegte. Doch das reichte aus, um ihn finster wirken zu lassen. Er benötigte keine Szenekleidung, um aufzufallen.

Er war groß gewachsen, sein Gang stolz. Bewusst setzte er einen Schritt vor den anderen, schritt aufrecht und selbstsicher an der schaulustigen Menge vorüber und zog hin und wieder an der Kette.

Seine Sklavin zuckte jedes Mal ängstlich zusammen. Sie senkte den Blick etwas tiefer, aber es war ihr unmöglich ihre Beschämung zu verbergen, denn ihr Kopf war kahl rasiert.

Cassy musterte sie bewundernd und auch ein wenig neidisch. Ihre olivfarbene Haut musste mit Öl eingerieben worden sein, denn sie glänzte im Schein der unzähligen Tropfkerzen, die im Saal verteilt standen. Sie war nackt und bis auf die Augenbrauen am ganzen Körper rasiert. Ihre kleinen Schamlippen ragten leicht über die großen hinaus. Ihre Klitorisvorhaut war gepierct, der filigrane Ring mit dem blauen Stein war ein echter Hingucker. Ihre Hände waren auf dem Rücken mit breiten, mittelalterlich wirkenden Metallhandschellen fixiert, wodurch ihre Handgelenke dünn und zerbrechlich wirkten.

Wie wundervoll hilflos sie aussah, dachte Cassy. So verwundbar!

Sie war so aufgeregt, als wäre sie selbst es, die von dem attraktiven Fremden vorgeführt wurde. Ihre Möse prickelte. Ihre Brustwarzen, welche die weiße Korsage kaum verdeckte, wurden hart und drückten gegen das Leder.

Derek knuffte sie in die Seite und grinste. «Mach den Mund zu. Du bist nicht das erste Mal auf einer SM-Party.»

«Aber diese hier ist die exklusivste. Ich war noch nie in einem Schloss.»

«Das ist doch nur der kleine Nachbau eines europäischen Schlosses.»

«Aber nicht weniger beeindruckend!»

Es war jedoch nicht nur das Ambiente, das Cassandra elektrisierte, sondern dieser Fremde, der eine so dominante Ausstrahlung besaß, wie Cassy sie noch nie zuvor gesehen hatte.

«Wir sind immer noch in Boulder County, 30 Minuten von der City entfernt, auch wenn man das aufgrund der Abgeschiedenheit nicht glauben mag.» Derek breitete seine Arme aus, um seine Worte zu unterstreichen. «Auf der einen Seite Wald – auf der anderen Seite die Rockies.»

«Spielverderber», schimpfte sie und konnte in diesem Moment kaum glauben, dass sie sich ihm während ihrer gelegentlichen Sessions freiwillig unterwarf, da er im Vergleich mit dem Fremden wie ein kleiner Junge wirkte. «Ja, ja, hol mich ruhig wieder runter.»

Lächelnd gab er ihr einen Nasenstupser. «Wer soll dich sonst runterholen, wenn nicht ich, Prinzesschen?»

Es lag ihr auf der Zunge zu erwidern, dass sie keine Prinzessin, sondern eine Sklavin war, schwieg jedoch, weil der Fremde die Kette um seine Hand wickelte und die exotische Schönheit näher an sich heranzog. Ruhig hob und senkte sich sein Brustkorb. Er blickte ihr ernst in die Augen. Buschige Augenbrauen wölbten sich über dunklen Augen. Sein Blick war durchdringend, und obwohl er einer anderen galt, schmolz Cassandra dahin.

«Das ist Magie», flüsterte eine Frau in einem schwarzen Latexkostüm ihr zu. Das Dress klebte wie eine zweite Haut an ihr. Sie stand auf der anderen Seite der Säule. Der Anzug aus Latex umschloss sogar ihren Kopf, nur Nase, Mund und Augen waren ausgespart. Auf ihrer Brust war der Schriftzug «Domina Deity» zu lesen, der von ihren großen Brüsten ziemlich auseinandergezogen wurde.

Nicht sehr bescheiden, sich «Gottheit» zu nennen, dachte Cassy und fragte sich, wie der attraktive Fremde wohl hieß.

«Er ist ein Zauberer, ein Virtuose, der einem Sklaven alle Töne entlocken kann, die er möchte», schwelgte die Domina weiter und schaute Cassandra an, als wollte diese sie gleich verspeisen.

«Wie heißt er?»

Sie lachte leise melodisch auf, bevor sie spöttisch antwortete: «Aus welchem Loch bist du denn hervorgekrochen? Hast du bisher auf dem Mond gelebt? Ah, du bist Frischfleisch, ich verstehe, neu in unserem kleinen Club. Das ist der dunkle Lord, unser Gastgeber.»

«Der dunkle Lord?» Cassy hob ihre Augenbrauen.

«Wir bezeichnen ihn so. Er nennt sich selbst nur ‹Lord›. Ein einfacher Name für den Meister der Meister.»

Derek neigte sich von hinten über Cassys Schulter. «Das ist der dunkle Lord?»

«Du hast schon von ihm gehört?», fragte Cassandra und rang dabei nach Atem, denn der Lord kam mit seinem Gesicht so nah an das seiner Sklavin, dass es so aussah, als wolle er sie küssen. Doch das tat er nicht. Einen Fingerbreit vor ihrem Mund hielt er in seiner Bewegung inne.

Der Blick der Sklavin wanderte unsicher von seinen Augen zu seinen Lippen und wieder zu seinen Augen. Sie gierte danach ihn zu küssen, wagte jedoch nicht, die Initiative zu ergreifen.

Cassys Mund kribbelte. Sie leckte mit der Zungenspitze über ihre Lippen und sah, dass der Lord begann, die Tittchen seiner Untergebenen unendlich zärtlich zu liebkosen. Er streichelte ihren Busen, massierte ihn sanft und zwirbelte die Nippel, bis sie dunkelrot waren und wie kleine saftige Beeren abstanden.

«Yepp, er ist so etwas wie der Mäzen der BDSM-Szene Boulders», flüsterte er Cassy ins Ohr. «Ich habe gehört, dass er stinkreich ist und großzügige Partys schmeißt, damit die SM-Anhänger einen ruhigen Ort haben, an dem sie sich tummeln können.»

Cassy nickte. Sie hatte nur ihren engsten Freunden von ihrer Neigung erzählt und sie gebeten, darüber Stillschweigen zu bewahren. Derek zu treffen war ein Glücksfall gewesen. Sie war zu einem SM-Stammtisch gegangen, hatte aber vor der Bar Muffensausen bekommen und auf dem Absatz kehrt gemacht.

Dabei war sie Derek in die Arme gelaufen. Mit seinem blonden Struwwelkopf, den großen weißen Zähnen und den Lachfältchen hatte er harmlos und vertrauensvoll gewirkt.

Er war vier Jahre älter als sie, besuchte die Treffen seit einem halben Jahr und hatte ihr die Angst vor der eigenen Courage genommen.

Seine lockere Art hatte es ihr leicht gemacht, sich mit ihm anzufreunden, und irgendwann hatten sie angefangen zu spielen.

Das hatte Cassy gereicht. Bis jetzt.

Denn nun spürte sie ein Kribbeln in jeder Pore ihres Körpers, das sie bei Derek nie verspürt hatte, dabei spielte sie mit dem Lord nicht einmal, sondern beobachtete nur sein Spiel mit einer anderen Sklavin.

Wieder stieg Neid in ihr auf.

Sie wollte seine Hände auf ihrer nackten Haut spüren, in seine Augen abtauchen, von seinem Atem gekitzelt werden und von seinem Blick eine Gänsehaut bekommen, weil er stumm von Qualen berichtete, die er seine Sklavin nach den Zärtlichkeiten erleiden lassen würde.

Die Ruhe vor dem Sturm.

Cassy schüttelte sich, um Neugier und Sehnsucht loszuwerden. Sie kannte ihn nicht einmal.

Der Lord klatschte in die Hände. Sofort eilte ein Diener herbei. Er trug zwei dünne Seile über dem Arm und ein Samtkissen wie ein Tablett vor sich her. Auf dem Kissen lag etwas Silbernes, das Cassandra erst erkannte, als der Lord es in die Hand nahm.

Es waren zwei Nippelklemmen, die wie mittelalterliche Miniaturdaumenschrauben aussahen. Behutsam, als würde er mit kostbaren Juwelen hantieren, öffnete er eine der Klemmen, steckte die linke Brustwarze der Sklavin hindurch und drehte an der Schraube. Die Klemme schloss sich immer mehr, sie drückte den Nippel zusammen und quetschte ihn, bis sich das Blut darin staute und er rot und prall hervorstand.

Während die exotische Sklavin die Lippen zusammenpresste und stolz ertrug, was ihr Herr ihr vor dem interessierten Publikum antat, steckte er ihre rechte Brustwarze in die zweite Minidaumenschraube und klemmte sie zwischen den dünnen, aber effektiven Silberstäben ein.

Dann nahm er eines der kurzen Seile und wickelte es fest um den rechten Busen der Sklavin. Dasselbe wiederholte er mit der linken Brust. Die Frau hatte kleine Brüste, die nun wie faustgroße Luftballons aussahen. Sie atmete schwer. Ihr Brustkorb und somit auch ihre abgebundenen Brüste hoben und senkten sich.

Welch lüsterner Anblick! Cassy spürte den Mösensaft, der sich in ihrem Netzslip sammelte, und musste sich zusammenreißen, damit sie es sich nicht auf der Stelle selbst besorgte. Sie fühlte sich sexy in ihrer weißen Lederkorsage, dem ledernen Minirock und den hochhackigen Schuhen.

Ihr fiel die Wölbung in der Hose des Lords auf und ein Gedanke formte sich wie von alleine: Wie gerne wäre sie diejenige, die ihn aufgeilte!

Der Lord betrachtete kurz sein Werk. Mit einem Wink schickte er den Diener weg.

Er zwirbelte die Brustwarzen seiner Sklavin, nur sachte, aber die junge Frau verzog schmerzerfüllt das Gesicht. Doch gab sie erst einen Schmerzenslaut von sich, als er seine Fingernägel in ihre Nippel drückte. Sie krümmte sich und gab ihre Beherrschtheit auf.

Der Lord gab eine Brustwarze frei und legte seine Hand unter das Kinn der Frau. Er hob es an, worauf sie den Rücken wieder durchstreckte. Während er ihr tief in die Augen schaute und sie mit seinem Blick ermahnte, die Haltung zu waren, kämpfte sie um ihre Fassung.

Schließlich atmete sie wieder ruhiger, ihre Miene war nun nicht mehr verzerrt vor Qual. Schwärmerisch schaute sie zu ihrem Herrn auf. Ihre Mundwinkel zuckten, aber sie wagte nicht, zu lächeln.

Der dunkle Lord rieb mit dem Daumen über ihre Unterlippe. Sein Finger drang in ihren Mund ein, und Cassy konnte ihre Zunge sehen, die seinen Daumen umzüngelte.

Gleichzeitig drückte er den Fingernagel fester in die abgebundene Brustwarze.

Die Sklavin zuckte zusammen, hörte aber nicht auf, seinen Daumen mit ihrer Zunge zu liebkosen. Wie gebannt starrte sie ihn an. Ihre Augen waren halb geschlossen. Cassy konnte sehen, dass sie schneller züngelte, je intensiver der Schmerz in ihrem Nippel wurde. Jedoch gab sie ihre Haltung diesmal nicht auf, sondern nahm die Qual ergeben hin, um ihren Meister zu erfreuen.

Dieser nickte anerkennend und begann, ihre Brüste zu massieren. Die Haut war bläulich angelaufen, weil sich das Blut darin staute. Der Anblick war bizarr. Die Metallkette, die als Halsband diente, hing zwischen den Ballonbrüsten der Sklavin herab.

Kräftig packte er zu. Weil der Busen abgebunden und prall war, musste er fest zugreifen, um die Brüste kneten zu können.

Die Sklavin verlagerte ihr Gewicht von einem Fuß auf den anderen, hielt ihren Rücken aber gestreckt. Vor Anstrengung schnaufte sie. Schweiß perlte von ihrer Stirn.

Dann ließ der Lord von ihr ab und trat beiseite.

Cassandra war erstaunt, wie offensichtlich die Enttäuschung der Sklavin war.

Der Blick der exotischen Schönheit schweifte kurz über die Gesichter der Zuschauer und sie bekam einen knallroten Kopf, weil sie sich wieder ihrer öffentlichen Erniedrigung bewusst wurde. Zuvor hatte sie nur Augen für ihren Herrn gehabt, sich emotional an der Lust und der Qual, die er ihr bereitet hatte, festgekrallt und die übrigen Anwesenden im Saal verdrängt.

Aber nun, da er neben sie trat, die Gliederkette nahm und sie ein Stück beiseite führte, verlor sie diesen Anker und die Beschämung kehrte zurück.

Es kam jedoch noch schlimmer.

Zwei Diener brachten eine kleine Guillotine, auf der das Opfer nicht liegen, sondern stehen musste und den Oberkörper auf eine Vorrichtung zu legen hatte, die an ein Turngerät – einen Sprungkasten – erinnerte.

Die Menge tuschelte aufgeregt. Die Sklavin riss bestürzt ihre Augen auf.

Selbst die Domina murmelte: «Er hatte doch angekündigt, dass es eine softe Vorführung werden sollte. Soft, jawohl. Und jetzt geht es doch rund. Er ist ein Teufelskerl! Ein kreativer Teufelskerl. Herrgott, er denkt sich aber auch immer wieder etwas Neues aus. Woher hat er nur immer wieder diese herrlich bizarren Ideen?»

«Herrlich bizarr?», entrüstete sich Cassy. «Geht es nicht ein wenig zu weit, so ein Gerät ins Spiel zu bringen?»

Die Domina lachte. «Kleines, das ist noch gar nichts. Wir sind ganz andere Dinge vom dunklen Lord gewohnt.»

«Noch groteskere Gerätschaften?»

«Das auch.» Deity zwinkerte geheimnisvoll, ohne weiter darauf einzugehen. «Er verlangt seinen Sklavinnen immer viel ab. Sehr viel. Sie müssen sehr belastbar sein.» Sie machte eine Pause und beäugte Cassy kritisch.

Cassandra fühlte sich unwohl. Sie beide wussten sehr wohl, dass sie eine «junge» Sklavin war, mit wenig Erfahrung und vielen Träumen,

Hoffnungen und Erwartungen. Eines konnte sie noch nicht von sich behaupten: belastbar zu sein.

Derek mutete ihr nie viel zu, fast schon zu wenig für ihren Geschmack, als könnte er ihre Grenzen nicht deutlich erkennen und wollte lieber frühzeitig aufhören, um keinen Zusammenbruch zu riskieren. Cassy bedauerte das, denn es schmälerte ihren Genuss. Derek fehlte es einfach an Erfahrung, genau wie ihr selbst.

Ganz im Gegensatz zum Lord. Er machte den Eindruck eines geübten Jägers, der seine Beute kompromisslos hetzte, um sie am Ende voller Genuss niederzustrecken.

Cassy fühlte einen Stich im Herz. Sie war zu grün hinter den Ohren, sie würde ihm als Sklavin ganz sicher nicht genügen.

Derek neigte sich von hinten an ihr Ohr. «Was hat er vor? Das ist doch Wahnsinn!»

«Ach, beruhige dich. Das ist bestimmt alles nur Schall und Rauch», meinte Cassy laut. «Wahrscheinlich ist die Guillotine nur eine Attrappe und das Fallbeil nicht einmal scharf.»

Da spürte sie den Blick des Lords auf sich. Er kniff die Augen zusammen und starrte sie an.

Und Cassy wäre am liebsten im Boden versunken.

Hatte sie sich nicht insgeheim gewünscht, seine Aufmerksamkeit zu bekommen? Ja, hatte sie, doch nun zitterten ihre Knie, weil er sie streng fixierte und sie unter seinem Blick dahinschmolz. Es war ihr peinlich, weil die umherstehenden Partygäste sie verwundert ansahen, sie, die Neue in diesem exklusiven Club. In ihren Fantasien hatte sie stets mehr Mut als in der Wirklichkeit.

Der Lord schritt bedächtig auf sie zu.

Instinktiv wich sie zurück und stieß an Derek. Sie kam sich so lächerlich vor! Sie spürte, wie ihr die Hitze in die Wangen schoss. Verlegen senkte sie den Blick, um ihn sofort wieder alarmiert auf den Lord zu richten.

Er stand mittlerweile vor ihr. Abfällig musterte er sie, von den hochgesteckten blonden Haaren bis zu den High Heels. «Engelslocken und teuflisch hohe Lackschuhe. Eigentlich eine köstliche Kombination. Wäre da nicht der Netzslip.»

Woher wusste er ...? Es war das erste Mal, dass sie ihn sprechen hörte. Er besaß eine warme, tiefe und fordernde Stimme, die sie wohlig erschauern ließ.

Ohne zu zögern schob er ihren ledernen Minirock hoch und zeigte allen ihr Höschen. «Eine Sklavin, die sich unnötig bedeckt, darf keine Anerkennung erwarten.»

Na, super! Jetzt machte er sich auch noch lustig über sie. Und die Gäste schauten sie teils mitleidig, teils geringschätzig an. Sie raunten, lachten oder schüttelten die Köpfe.

Und Derek stand hinter ihr und schwieg.

Hätte er als Dom nicht den Arm um sie legen müssen, um zu symbolisieren, dass sie sein Eigentum war? Hätte er sie nicht verteidigen sollen, wenn auch durch eine Lüge, indem er behauptete, seiner Sklavin das Tragen eines Netzslips befohlen zu haben?

Cassandra war wütend auf ihn. Oder doch eher auf sich selbst, weil sie sich nicht getraut hatte, mit nacktem Fötzchen auf die Party zu gehen?

Zu allem Übel packte der Lord ihr Handgelenk und zog sie mit sich in die Mitte. Ungelenk stolzierte sie auf den hohen Hacken hinter ihm her.

Nun bekam Cassy, die noch nie öffentlich vorgeführt worden war, eine Ahnung davon, wie die exotische Sklavin sich fühlen musste.

Alle Blicke ruhten auf ihr. Sie stand im Zentrum der Aufmerksamkeit, den Launen des Lords ausgeliefert. Ihr Gesicht brannte vor Verlegenheit und ihr Mösensaft tropfte aus ihrer Spalte. In diesem Moment war sie froh, den Slip zu tragen, damit ihre Geilheit nicht für jedermann offensichtlich wurde. Immerhin fand die Session nicht mir ihr, sondern der kahlen Exotin statt. Oder?

Da kam es ihr wie ein Schreck: Ob der Lord sie in die Session mit einbeziehen wollte?

Noch immer hielt er ihr Handgelenk mit sanftem Druck fest. Seine Hand war warm. Durch seine Berührung fühlten sich ihre Beine wie Gummi an, gleichzeitig gab sein Griff ihr Halt und er erregte sie.

«So, so, du denkst also, ich bin ein Aufschneider», sagte er schließlich.

Cassy hob fragend die Augenbrauen.

«Du denkst, die Guillotine sei nichts als Effekthascherei und in Wahrheit nur ein stumpfer Apparat, den ich benutze, um eine entsprechende Atmosphäre zu schaffen», fuhr er fort, drückte dabei ihr Handgelenk fester und rümpfte die Nase.

Sie wollte etwas erwidern, wusste aber nicht was, und schüttelte lediglich leicht den Kopf. Es raubte ihr den Atem, dass er so nah vor ihr stand. Sie verlor sich in seinen dunklen Augen, genoss seine körperliche Präsenz, und es machte sie an, dass er sie so rügte.

Würde er sie bestrafen?

«Ich werde dir beweisen, dass bei mir mit allem zu rechnen ist.» Er nickte und hob ihr Handgelenk an. Dann nahm er ihren Zeigefinger und führte ihn in Richtung des Fallbeils.

Ängstlich zog Cassandra die Hand zurück, zumindest probierte sie es, doch er intensivierte seinen Griff und knurrte: «Halt still, Sklavin!»

Cassy bekam eine Gänsehaut. Sie hing an seinen Lippen und war fasziniert von seinem markanten Kinn, dem Grübchen, das sie erst jetzt erkennen konnte, da sie so nah bei ihm stand, und den Augen, die so dunkel waren, dass Iris und Pupille verschmolzen.

Er führte ihren Zeigefinger zur Schneide des Fallbeils und ritzte mit der scharfen Kante die Haut an ihrer Fingerkuppe ein.

Sie schrie auf und betrachtete das Blut, das aus der Wunde trat. Es war nicht viel und gerann sofort, dennoch war sie schockiert.

«Glaubst du mir jetzt?», fragte er eindringlich, und es lag eine subtile Drohung in seiner Stimme. Noch immer hielt er ihr Handgelenk fest umschlossen.

«Ja.»

«Ja, Sir!», korrigierte er sie scharf. Aber da war auch ein belustigtes Schmunzeln, das ihr nicht verborgen blieb.

Atemlos antwortete sie: «Ja, Sir.»

«Stell mich nie wieder in Zweifel», warnte er sie und ließ sie los.

Cassy flüchtete auf ihren Platz zurück. Sein Blick brannte in ihrem Rücken. Sie vermied es tunlichst, irgendwen anzusehen, sondern konzentrierte sich darauf, auf den hohen Absätzen nicht zu allem Übel auch noch hinzufallen.

Als sie wieder bei der Säule war, flüsterte Deity ihr bissig zu: «Vergiss ihn. Er ist zehn Nummern zu groß für dich.»

«Woher willst du das wissen? Du kennst mich überhaupt nicht», fauchte Cassy aufgebracht. Sie wehrte Dereks Arm ab, den er ihr um die Hüfte legen wollte.

Die Domina schnaubte. «Lern erst einmal in den Schuhen einer Sklavin zu gehen. Wenn du zu früh zu hoch hinaus willst, wirst du tief fallen und dir böse wehtun.»

«Lass das mal meine Sorge sein!»

«Du bist noch nicht bereit für Herausforderungen, und der Lord ist eine, selbst für hartgesottene Sklavinnen. Der Weg bis dahin ist für dich noch weit, Engelchen.»

Sie überlegte ernsthaft, ob sie sich die blonden Locken glätten und schwarz färben sollte, weil sie es hasste, dass alle ihr Aussehen «zuckersüß» fanden, wusste aber, dass sie das ohnehin nicht machen würde.

«Bist du in Ordnung?», fragte Derek leise.

Widerspenstig steckte sie ihren Zeigefinger in den Mund, um das Blut abzulecken, und nuschelte: «Natürlich.»

Doch ihr zitternder Körper beruhigte sich nur langsam. Sie spürte noch die Wärme des Lords, seine Hand, die ihr Handgelenk mit sanftem Druck umfasst hatte, sein Blick auf ihrem Gesicht, sie hörte noch den lasziven Spott in seiner Stimme, roch den herben Duft seines Aftershaves – und fragte sich sehnsüchtig, ob sie all dies irgendwann noch einmal erfahren durfte.

Doch jetzt war es eine andere Sklavin, der er sich zuwandte.

Er zog sie an der Gliederkette durch das Fenster der Guillotine, sodass sie sich mit dem Oberkörper automatisch auf die erhöhte Bank legen musste. Ihr Gewicht drückte nun auf den abgebundenen Brüsten. Sie verzog gequält ihr Gesicht. Die Kette fixierte er an einer Öse und band eine Metallschlaufe um die Hüften der jungen Frau.

Er spreizte ihre Schenkel, um allen Zuschauern ihr Fötzchen darzubieten. Nun musste sie auf Zehenspitzen stehen. Ihre Muschi glänzte feucht. Sie war gefangen und seinen Launen ausgeliefert, während das Publikum von ihrem Anblick entzückt war.

Cassy allerdings konnte ihren Blick nicht von dem Fallbeil nehmen. Es zielte genau auf den Nacken der Sklavin.

Da bemerkte sie, dass der Lord sie beobachtete.

Cassandra hielt sekundenlang den Atem an. Sie schaute abwechselnd ihn und das Beil an, runzelte fragend und ängstlich die Stirn und leckte erneut über die Wunde an ihrem Finger, aber er schmunzelte nur und griff nach der Gerte, die ein Diener ihm auf einem roten Samtkissen reichte.

Er ließ seine Fingerspitzen über den Rücken seiner Sklavin wandern. Von ihren Schultern bis zu ihrem Hintern. Sie erschauerte, stöhnte leise und wackelte mit ihrem Gesäß. Aber bevor ihr Herr die prallen Rundungen erreicht hatte, entfernte er seine Hand von ihrem Körper.

Stattdessen schlug er mit der Gerte zu. Zwei Mal kurz hintereinander auf beide Gesäßhälften. In präzisem Abstand, was die roten Abdrücke auf der Haut bewiesen. Er machte eine kurze Pause und ließ dann einige harte Schläge auf ihren Hintern prasseln.

Die Sklavin zerrte an ihrer Halsfessel. Aber als der Lord von ihr abließ, gab sie einen tiefen Seufzer der Enttäuschung von sich. Sie versuchte, über ihre Schulter zu sehen, da die Pause sie scheinbar verunsichert hatte, konnte ihren Kopf aber nicht weit genug drehen.

Ein Schlag zwischen ihre Schulterblätter ließ sie zusammenzucken.

Auch Cassy erschrak, da sie den Schlag nicht hatte kommen sehen. Sie war zu abgelenkt von dem Muster, das sich auf dem Hinterteil der Frau zeigte. Der Lord hatte zwei Rauten auf ihre Gesäßhälften gezaubert.

«Schau nach vorn!», befahl er, aber seltsamerweise schaute er dabei nicht auf die exotische Sklavin, sondern starrte Cassandra über die Bank hinweg an.

Es formte sich der Wunsch in Cassy, er möge sich ebenso nach einer gemeinsamen Session sehnen, wie sie es tat. Gleichzeitig war da aber diese Furcht in ihr. Sie hatte Angst, nicht tough genug zu sein und ihn zu enttäuschen. Sie wollte ihn beeindrucken, ja, das würde sie gerne tun.

Aber wie beeindruckt man einen Dominus, der mit den erfahrensten Sklavinnen spielt?

Sie senkte den Blick, als könne der Lord bis tief in ihr Innerstes schauen und dabei ihre Gedanken erraten, und er tauschte die Gerte gegen eine Bullenpeitsche aus.

Er ließ den langen dünnen Lederriemen durch seine Hand gleiten, begutachtete das Schlaginstrument und ließ das gespaltene Ende über den

Rücken der vor ihm liegenden Frau tänzeln. Schmunzelnd kitzelte er ihre Seiten in der Nähe ihrer Achseln und strich mit dem Griff über ihre Fußsohlen, sodass sie kichernd ihr Gewicht immer wieder verlagerte.

Es dauerte nicht lange und sie trat wie eine bockende Stute aus, weil das Kitzeln unerträglich wurde.

«Du hast zu ertragen, was ich dir zufüge», zischte der Lord. Er klatschte in die Hände und die beiden Diener eilten wieder herbei.

«Welch undankbare Sklavin! Ich widme ihr meine kostbare Zeit und Aufmerksamkeit und sie reizt meine Geduld aus. Haltet ihren rechten Fuß hoch!», befahl er.

Die Männer griffen ihren Unterschenkel, wobei einer der beiden das linke Bein der Frau zwischen der Bank und seinem Körper einklemmte, damit sie nicht nach ihnen treten konnte.

Alle Umherstehenden blickten erwartungsvoll auf den Lord, der mit dem gespaltenen Ende der Peitsche über ihre Fußsohle streichelte. Das Bein zuckte vor und zurück, aber sie konnte sich nicht befreien.

Dann trat er einen Schritt zurück. Als er ausholte, sog Cassy laut die Luft ein und schlug ängstlich die Hand vor den Mund. Sie selbst hatte mit Fußfolter noch keine Erfahrung gemacht, litt aber schon nach fünf Minuten in ihren High Heels Schmerzen.

Durch ihre Geste war der Lord für einige Sekunden abgelenkt. Anstatt auf die Fußsohle seiner Sklavin zu achten, suchte sein Blick Cassy und dabei verfehlte er sein Ziel. Sein Peitschenhieb traf einen der Diener, der erschreckt aufschrie, aber nicht wagte, den Lord zornig anzusehen.

Das Publikum tuschelte aufgeregt. Sie beäugten Cassandra kritisch, die am liebsten vor Scham im Boden versunken wäre.

Die Domina neben ihr kommentierte erneut spöttisch: «Na, so etwas ist ihm ja noch nie passiert. Wie ein blutiger Anfänger! Tsts, Engelchen hat Teufelchens Konzentration gestört, Teufelchen ist böse und wird es Engelchen bestimmt heimzahlen, aber das will Engelchen ja nur, stimmt's?»

«Ich habe ihn nicht absichtlich abgelenkt», protestierte Cassy mit hochrotem Kopf.

Da tauchte er schon vor ihr auf. Sie hatte ihn nicht kommen sehen, da sie sich in Deitys Richtung gedreht hatte. Wie ein Felsmassiv stand er vor ihr und verdunkelte ihre Sicht. Eine Zornesfalte zeigte sich auf seiner Stirn.

Er vergrub seine Finger in ihren Haaren und zog sie zu sich heran. «Willst du ihren Platz einnehmen?»

«Nein, Sir», antwortete Cassy rasch, aber sie war sich nicht so sicher, ob das nicht eine Lüge war. Sie wünschte sich, von ihm dominiert zu werden, aber nicht hier und jetzt vor Derek, Deity und den anderen Partygästen, die über sie lachten. «Ich entschuldige mich demütig bei Ihnen, Sir, dass ich Ihre Session gestört habe und ...»

«Und was?», säuselte er verführerisch.

So leise wie möglich sagte sie: «Und ich erbitte eine Strafe für mein Vergehen, aber bitte abseits des Trubels.»

Während sie die Zähne zusammenbiss und um Fassung rang, schoss das Blut in ihr Fötzchen. Es prickelte heftig zwischen ihren Beinen. Am liebsten wäre sie vor ihm auf die Knie gefallen. Bei Derek hatte sie noch nie den Wunsch verspürt, sich klein zu machen. Bei ihm gehörte ihre Demut nur zum Spiel, sie war nicht ehrlich gemeint – anders als beim Lord.

Er warf jedoch seinen Kopf in den Nacken und lachte. «Meinst du, eine Sklavin hat das Recht den Zeitpunkt und Ort einer Bestrafung zu bestimmen?»

«Nein, Sir», gab sie kleinlaut zu. Sie schien einen Bock nach dem anderen zu schießen.

Derek schaltete sich ein. «Ich möchte mich für meine Sklavin entschuldigen. Keine Ahnung, was heute mit ihr los ist.»

«Ich weiß es aber», warf die Domina ein. «Sie ist ziemlich beeindruckt von Ihnen.»

Erstaunt und amüsiert musterte der Lord Cassandra. Dann verschwand sein Lächeln. Es schien Cassy, als würde er innerlich mit sich kämpfen. Dachte er darüber nach, ob er sie nachher zu sich bestellen sollte?

«Meine Sklavin wird deine Strafe übernehmen», verkündete er schließlich und knirschte mit den Zähnen. «Du hast ihr zusätzlich drei Peitschenhiebe auf die Möse eingehandelt.»

«Das ist unfair. Ich habe den Ärger verursacht», protestierte Cassy. Sie bekam Magenschmerzen, weil eine andere ihre Suppe auslöffeln sollte.

«Ich bin der Herr dieser Session, ich bin der Herr dieses Hauses und bestimme, wann, wen und wie ich züchtige!»

Er will mich nicht. Eine tiefe Enttäuschung breitete sich in ihr aus.

Geknickt sah sie ihm hinterher, als er zurück zu seiner Sklavin ging. Er schaute nicht noch einmal zu Cassy, wie sie gehofft hatte, sondern streichelte über die Fußsohle seiner Sklavin, als wollte er ihr damit andeuten, dass er zurück war.

Dann schwang er seine Peitsche. Lediglich das gespaltene Ende traf ihre Fußsohle. Sie stöhnte erschrocken auf. Der nächste Hieb jedoch saß. Diesmal zuckte sie zusammen und gab einen undefinierbaren Laut von sich. Als der dritte Schlag sie folterte, schrie sie auf, jammerte leise und begann zu schluchzen.

Aber Cassy wusste, dass die Tortur die junge Frau erregte, weil ihr Mösensaft auf den cremefarbenen Marmorboden tropfte.

Die Diener gaben den rechten Unterschenkel frei und griff den linken, um ihn in die richtige Position zu bringen. Die Sklavin versuchte, ihr Bein freizubekommen, was ihr aber nicht gelang. Sie winselte leise, weil sie den Schmerz kannte, der auf sie zukommen würde.

Doch auch diesmal sensibilisierte der Lord ihre Fußsohle erst einmal, indem er sie liebkoste. Mit den Fingerspitzen strich er darüber, ergötzte sich an dem gequälten Lachen der Frau und drang mit dem Daumen in die Zwischenräume ihrer Zehen.

Sie atmete flacher, während er ihre Sohlen massierte.

Er nahm dies als Zeichen, schwang seine Bullenpeitsche und ließ den Lederriemen auf die Fußsohle knallen, die er eben noch gestreichelt hatte. Die Sklavin stöhnte auf. Sie rieb ihren Unterleib an der Kante der Bank, aber einer der Diener stützte sich daraufhin auf ihrem unteren Rücken ab und somit war sie auch dieser Freiheit beraubt.

Der Lord peitschte ihre Sohle weiter. Die nächsten zwei Schläge kamen kurz hintereinander und entlockten der Sklavin spitze Schmerzensschreie. Aber damit nicht genug, denn er ging nun nahtlos dazu über, ihre Möse zu quälen. Wie er es angekündigt hatte. Und Cassandra trug die Schuld daran.

Der erste Hieb traf ihr Fötzchen von hinten. Doch entgegen Cassys Annahme, flippte die Sklavin nicht aus, sondern ihre Schreie verstummten.

Sie stöhnte aus tiefster Seele, als würde sie kurz vor dem Orgasmus stehen. Ihre Augen waren geschlossen, ihre Lippen leicht geöffnet.

Der Lord peitschte ein zweites Mal ihr Fötzchen und Cassy bemerkte erleichtert, dass er so geschickt zuschlug, dass nur das gespaltene Ende und nicht der geflochtene Lederriemen ihre Möse traf.

Eine seltsame Ruhe ergriff seine Sklavin. Und als der Riemen sie erneut folterte, war sich Cassy sicher, dass der Schmerz sie berauschte.

Sie beobachtete, wie die Diener das Bein der Gepeitschten losließen und zwischen den Zuschauern verschwanden. Dann hockte der Lord sich hin. Seine Hand tauchte zwischen ihren Falten ab. Er drang einige Male in ihre Möse ein und verteilte er ihren Lustsaft auf ihrem Kitzler.

Seine kurze Berührung an ihrer empfindlichsten Stelle genügte schon und die exotische Sklavin erbebte. Ihr Unterleib zuckte, sie stöhnte mit weit aufgerissenem Mund und zitterte am ganzen Körper. Der Orgasmus erschütterte sie. Speichel tropfte von ihrer Unterlippe. Aber das kümmerte sie nicht, auch nicht, dass zahlreiche Zuschauer jede Reaktion ihres Körpers wahrnahmen.

Ihr Gesicht sah entrückt aus. Selbst als der Lord sie längst losgebunden und alle ihre Fesselungen gelöst hatte und sie auf den Arm nahm. Er trug sie aus der Mitte, setzte sie auf einem Sofa ab, das in einer Ecke stand, in der nur wenige Kerzen brannten, und winkte einem seiner Diener. Dieser eilte mit einer cremefarbenen Porzellanschüssel, einem Waschlappen und einem Handtuch, das über seinem Arm hing, herbei.

Cassy war erleichtert, dass die Guillotine doch nur ein Requisit gewesen war. Neugierig folgte sie dem Lord und seiner Sklavin mit ihrem Blick und beobachtete neidisch, wie er den Lappen benässte und über dem Mund der Frau auswrang. Sie trank gierig und schaute ihn dankbar an. Dann rieb er mit dem Lappen ihr verschwitztes Gesicht ab. Er wusch ihren rasierten Kopf und kühlte ihren Nacken.

Obwohl er es war, der sie verwöhnte, war das Machtgefälle zwischen ihnen nicht zusammengebrochen. Sie nahm immer noch willig hin, was er ihr zu geben bereit war. Und er hatte nichts von seiner dominanten Ausstrahlung verloren.

Das war es, was sie wollte, wurde sich Cassandra mit einem Mal bewusst. Dereks legere Art, sein Grinsen und flapsiges Verhalten abseits ihrer gemeinsamen Sessions beeinflusste ihre Erregung während des Spiels erheblich.

Sie nahm ihn nicht ernst. Nicht als Dom.

Ihre Sessions waren nur ein Spiel. Derek und sie waren wie zwei Kinder, die Doktorspiele machten, um den Körper des anderen Geschlechts näher kennenzulernen.

Sie testeten diverse BDSM-Praktiken aus, um ihre Vorlieben herauszufinden und ihre Lust auszuleben und um ihren Horizont zu erweitern, besuchten sie neuerdings auch SM-Partys. Sie blieben aber meist nur Voyeure, schüchterne Frischlinge, die später im Verborgenen nachmachten, was andere öffentlich trieben.

Bis jetzt hatte es Cassy gereicht, mit Derek spielerisch SM zu erfahren, doch nun, da sie den dunklen Lord beobachtete, der so erfahren mit seiner Sklavin umging, erwachte eine starke Sehnsucht in ihr:

Sie wollte sich einem echten Dominus unterwerfen.

Aber was bedeutete «echt»? Cassandra lehnte sich gegen die Marmorsäule und grübelte, ohne den Blick vom Sofa abzuwenden. Erfahren sollte er sein und eine natürliche Dominanz besitzen … So wie er.

«Schau nicht so verträumt.» Deity war zu ihr geschlendert. «Den wirst du nicht rumkriegen.»

Verwundert hob Cassy die Augenbrauen. War ihr Verlangen so offensichtlich?

«Der dunkle Lord spielt nur mit erfahrenen Sklavinnen, keinen dummen Gänsen.» Die Domina lachte schallend und verließ den Saal, während die anderen Gäste zu spielen begannen oder einfach nur den Champagner genossen.

Widerstand regte sich in Cassandra. Warum nannten sie nur alle Prinzesschen, Engelchen oder Gänschen? Nur weil sie klein war und blonde Locken und Rehaugen hatte? Lag es an ihren prallen Brüsten, die ihrer Meinung nach viel zu groß für ihre zierliche Statur waren? Sie hatte sich nie über einen Mangel an Zuspruch von Männern beklagen können. Bei Kerlen weckte sie den Beschützerinstinkt. Man verwöhnte sie, las ihr ihre Wünsche von den Augen ab und behandelte sie so behutsam, als wäre sie aus Porzellan.

Aber das war es nicht, was sie wollte!

Cassy sehnte sich nach Schmerzen und Demütigungen. Träumte von einer inszenierten Vergewaltigung, qualvoller Orgasmuskontrolle, einer Verschmelzung von Leid und Lust. Sie wollte verbal niedergemacht, tabulos in alle Löcher gefickt und so hart rangenommen werden, dass sie danach einen Tag das Bett hüten musste, weil sie völlig fertig war.

Fast alle Gäste trugen schwarze oder rote Latex- oder Lederbekleidung, es gab nur wenige Ausnahmen, wie zum Beispiel die Domina im Krankenschwester-Outfit. Die meisten Frauen färbten ihre Haare schwarz oder trugen dunkelhaarige Perücken. Ihre Fingernägel waren dunkelrot oder schwarz lackiert, ihre Augen dick mit dunklem Kajal umrandet und ihr Lippenstift hatte die Farbe von Blut.

Cassandra stach mit ihrer blonden Lockenpracht, der weißen Korsage und dem dezenten Make-up aus der Menge heraus. Sie hatte mittlerweile das Gefühl, dass man sie nicht ernst nahm. Aber sie war kein Vanillasex-Typ, der mal was Verrücktes tun und auf eine SM-Party gehen wollte, nur um festzustellen, dass BDSM zu verrückt war, und der deshalb schon am nächsten Tag wieder zu Vanilleeis zurückkehrte.

Ihre Seele war genauso schwarz wie die der anderen hier. Sie war kein Püppchen, dachte sie und versperrte dem Lord, der aufgestanden war, um zum Buffet zu gehen, aufmüpfig den Weg. Sie wusste auch nicht, weshalb sie ihn provozieren wollte. Um seine Aufmerksamkeit zu bekommen?

Er war einen Kopf größer als sie und schaute naserümpfend auf sie hinunter. «Sei nicht so dumm und bettele ein zweites Mal um eine Bestrafung.»

«Nein», antwortete sie ernüchtert und fügte rasch ein «Sir» an.

«Meine Sklavin hat deine Strafe bereits abgegolten.»

«Es tut mir leid für sie, Sir.»

«Mir nicht. Die Peitschenhiebe auf ihre Möse haben ihren Orgasmus noch gesteigert.»

«Darf eine Bestrafung lustvoll sein? Ich meine, sie soll doch läutern?», fragte Cassy und bereute es sogleich. Manchmal sprach sie, bevor sie nachgedacht hatte. Verlegen suchte sie Unterstützung bei Derek, doch der stand nur stumm neben ihr, als müsse er schweigen, wenn der Meister – der dunkle Lord – sprach. Auch er schien sich ihm unterzuordnen, obwohl er selbst dominant war.

Zuerst zog der Lord seine Stirn kraus, dann schmunzelte er spöttisch. «Es gibt zwei Arten von Strafe. Die eine dient dem Lustgewinn, die andere ist ausschließlich schmerzhaft und wird als Erziehungsmethode angewandt. Wieso sollte ich meine Sklavin ernsthaft für dein Vergehen strafen? Das wäre unfair und ich kein guter Dominus.»

Überrascht riss sie die Augen auf. Er war also doch nicht so skrupellos, wie es den Anschein hatte, sondern nur ein geschickter Pokerspieler. Seine Augen funkelten und Cassy verlor sich in ihnen. Sie wünschte, ein Fünkchen Interesse in ihnen erkennen zu können, aber da war nur Hohn, weil sie so wenig über SM wusste und ihn anhimmelte. Mit Derek war es nur ein Spiel, beim ihm dagegen hatte alles den Anschein, real zu sein. Genau das erregte Cassandra.

Er wandte sich an Derek. «Ist sie deine Sklavin?»

«Ja, Sir.»

«Nenn mich nicht ‹Sir›. Das tun nur Sklaven», berichtigte der Lord ihn, worauf Derek die Schamesröte ins Gesicht stieg. «Wie nennst du deine Sklavin?»

«Ihr Name ist Cassandra Rodson, Lord.»

Der Lord stöhnte. «Ich meine ihren Sklavennamen. Es ist verantwortungslos, ihre wahre Identität offenzulegen.»

Derek räusperte sich und legte beide Hände auf seinen Bauch, als sei ihm übel vor Aufregung. «Sie hat keinen.»

«Er nennt mich Sklavin Cassy», warf Cassandra ein.

Der Lord funkelte sie böse an. Er trat nah an sie heran und legte seinen Zeigefinger an ihre Lippen. Ein wenig neigte er sich vor.

Drohend säuselte er: «Wage ja nicht noch einmal unaufgefordert zu sprechen.»

Sie schluckte schwer. Seine Nähe machte es ihr unmöglich, klar zu denken. Sie nahm nur die Widersprüchlichkeit wahr: Er drohte ihr, dennoch klang seine Stimme sanft und sein Finger kitzelte ihre Lippen. Am liebsten hätte sie die Fingerspitze in den Mund genommen, daran gesaugt und geleckt. Aber sie beherrschte sich.

«Du scheinst genauso wenig Erfahrung zu haben wie sie», meinte der Lord zu Derek und schüttelte den Kopf.

Einige Sekunden lang betrachtete er Cassandras Gesicht. Dann trat er einen Schritt zurück und ging um sie herum. Er musterte sie von allen Seiten, bis er schließlich wieder vor ihr stand.

«Du hast mir den Spaß mit meiner Sklavin verdorben. Weil ihre Möse gepeitscht wurde, ist sie zu schnell gekommen und ich konnte sie nicht mehr ficken. In zehn Minuten erwarte ich dich im Pavillon.»

Mit offenem Mund starrte Cassy ihn an. Seine Miene war unergründlich. Machte er sich lustig über sie? Wollte er sich an ihr rächen? Ging es ihm nur darum, endlich abzuspritzen? Würde er sie vögeln? Der letzte Gedanke beschäftigte sie so sehr, dass sie kaum bemerkte, dass der Lord sie ohne eine weitere Erklärung stehen ließ.

Derek rief ihm hinterher: «Sie wird da sein und Ihnen zur Verfügung stehen. Dafür werde ich sorgen.»

Erschrocken fuhr Cassy zu ihm herum. «Du kommst mit?»

«Natürlich.»

«Aber ...», sie rang nach Worten. Die Vorstellung, dass Derek dabei zusah, wie sie sich dem Lord unterwarf, war ihr peinlich. Oh ja, sie begehrte den dunklen Lord, aber Derek und sie hatten bisher nur alleine gespielt.

Oder hast du Angst, dass er sieht, zu welchen Höchstleistungen du fähig bist, wenn der richtige Meister dich nimmt? Befürchtest du, er könnte eingeschnappt sein und nie wieder mit dir spielen, oder sogar tief getroffen, wenn du abgehst wie nie zuvor?

Nein, das würde sie nicht wollen. Sie und Derek waren Freunde. War das eventuell die Krux? Möglicherweise zeigte er nicht seine ganze Härte, weil er sie zu sehr mochte.

Der Lord dagegen hatte eine offene Rechnung mit ihr und würde sich nicht zurückhalten. Die Vorfreude trieb ihr das Blut ins Fötzchen, das lustvoll zu pochen begann.

«Er hat nicht gesagt, dass du dabei sein sollst, Derek.»

«Weil das eine Selbstverständlichkeit ist. Ein Herr lässt seine Sklavin nicht alleine, es sei denn, er leiht sie aus, und das habe ich nicht getan. Ich komme nur dem Wunsch des Gastgebers nach. Außerdem hast du was gutzumachen.» Plötzlich ballte er die rechte Hand zur Faust und stieß sie kraftvoll gegen die Handfläche seiner linken, die er wölbte, als würde er einen Baseballhandschuh tragen. «Verdammte Scheiße, ich habe mich völlig lächerlich vor ihm gemacht.»

«Er ist eben ein Vollprofi.»

«Macht es dir da nicht Angst, dich ihm hinzugeben?», fragte er aufreizend. «Er könnte viel von dir verlangen, weil er schon alles erlebt hat und nicht so leicht zufriedenzustellen ist.»

«Ich vertraue ihm, eben weil er ein Profi ist. Er wird wissen, wie weit er bei mir gehen kann.» Zumindest hoffte sie das.

Cassandra suchte noch zwei Mal die Toilette auf, bevor sie mit Derek in den Garten ging. Es war eher so, dass Derek sie hinbrachte. Vermutlich um ein Quäntchen Dominanz zu behalten, packte er Cassys Oberarm und führte sie über den englischen Rasen hinüber zum Pavillon, der am Waldrand stand. Der Skunk River floss ganz in der Nähe vorbei, aber Cassandra konnte nur sein Rauschen hören, ihn aber in der Dunkelheit des Waldes nicht ausmachen.

Die Nächte Ende September waren schon ziemlich kühl, was Cassy ausnahmsweise sehr recht war, denn es hielten sich kaum noch Gäste im Freien auf.

Lediglich ein Paar hatte sich für eine Session unter freiem Himmel entschieden. Etwas abseits des Pavillons band gerade eine Domina ihren nackten Sklaven mit dem Rücken an einen Baum. Dann nahm sie eine mit Gummi ummantelte Sisalpeitsche und begann sachte seinen Oberkörper zu bearbeiten.

Dass sie die Intensität ihrer Schläge ständig steigerte, konnte Cassandra nicht nur am Knallen der Seilpeitsche, sondern auch an dem lauter werdenden Stöhnen des Mannes hören. Mit dem ersten Hieb auf seinen Schwanz schrie er lustvoll auf.

«Du lässt dich leicht ablenken», warf der Lord Cassandra vor. Er war im Eingang des Pavillons, einem sechseckigen weißen Häuschen mit glaslosen Fenstern, aufgetaucht. «Wenn das gleich ebenfalls der Fall sein wird, wirst du auch am Baum enden und deine Brüste gepeitscht bekommen.»

Cassys Nippel wurden hart. Sie redete sich ein, dass die Kälte schuld daran war, aber das war eine Lüge. Wie gut der Lord aussah! Einige Kerzen brannten im Pavillon und beleuchteten ihn von hinten. Dadurch wirkte er noch finsterer. Nur durch das Licht, das durch die Terrassentür seines Hauses in den Garten fiel, konnte sie erahnen, dass er lächelte.

«Ich hätte nicht gedacht, dass du wirklich kommen würdest.» Er drehte sich um, machte drei Schritte in die Laube hinein und nahm auf der Rundbank Platz.

Derek drängte Cassandra vorwärts. «Ich hatte es Ihnen zugesagt und ich halte mein Wort.»

Verärgert schaute sie ihn an. Jetzt musste er auch nicht mehr den Dom raushängen lassen. Das wirkte aufgesetzt und lächerlich. Aber sie sagte nichts dazu, um ihn nicht noch mehr zu blamieren.

«Bleib draußen. Du kannst von der Seite aus zuschauen», wies der Lord ihn an. Er öffnete seine Schenkel und winkte Cassy zu sich her. «Bring mich zum Abspritzen, und ich rate dir, einen guten Job zu machen.»

Arroganter Macho! So, wie er dasaß – breitbeinig, die Arme auf die Rückenlehne gelegt –, hätte sie ihm am liebsten eine reingehauen. Er sah sie kühl an, aber es lag auch eine Herausforderung in seinem Blick. Erst jetzt bemerkte sie den Flogger, der an seinem Gürtel hing. Das Schlaginstrument besaß einen Holzgriff, aus dem zahlreiche Lederriemen herauswuchsen.

Du kannst jederzeit aufhören, redete sie sich gut zu, kniete sich zwischen seine Beine und starrte den Reißverschluss seiner Hose an.

«Auf was wartest du?», fragte er blasiert. «Hattest du erwartet, dass ich mich mit deinem Körper befasse? Hast du in deinem Hochmut vielleicht sogar gedacht, ich würde dich ficken?»

Ertappt schaute sie zu ihm auf. Ihre Wangen glühten.

«Engelchen, dieses Privileg musst du dir erst erarbeiten.» Er schmunzelte, weil er ganz genau wusste, dass sie sich wünschte, von ihm gevögelt zu werden. Dann öffnete er Reißverschluss und Hosenknopf. «Worauf wartest du?»

Cassy warf Derek einen kurzen Blick zu. Er stützte sich zu ihrer Linken von außen auf die Fensterbank, da er vom großen Meister dazu verdonnert worden war, nur Voyeur zu sein. Einige Sekunden knabberte sie auf ihrer Unterlippe herum.

Was überlegst du, grübelte sie, du begehrst den Lord doch. Also los!

Cassandra lächelte ihn gewinnend an, um ihm zu zeigen, dass sein barscher Ton sie nicht verletzt hatte und seine kühle Anweisung sie nicht vertreiben konnte.

Das schien ihn derart zu überraschen, dass er sein Machogehabe für den Hauch eines Moments vernachlässigte. Er musterte sie, als würde er über etwas nachdenken.

Seine Verwirrung verschwand jedoch schnell, und er vergrub seine Finger in ihren Haaren, sodass sich die Klammer aus ihrer Hochsteckfrisur löste, und zog ihr Gesicht mit sanftem Druck an seinen Unterleib.

Während sie seinen Schwanz von dem schwarzen Slip befreite, entfernte er die restlichen Haarnadeln aus ihrem Schopf. Ihre blonden Locken fielen auf ihre Schultern, und sie befürchtete, er würde wieder bloß den Unschuldsengel in ihr sehen.

Sie schälte seine Hoden aus dem Stoff. Sie waren prall gefüllt und rasiert. Sein Schwanz reckte sich ihr steif entgegen. Hatte die Vorführung mit seiner exotischen Sklavin ihn so heiß gemacht oder erregte sie ihn? Sie hoffte Letzteres und begann ihr Verwöhnprogramm.

Cassandra küsste zärtlich seine Eichel. Sie führte sie in ihren Mund ein, schloss ihre Lippen allerdings nicht, sondern ließ ihn nur ihren heißen Atem spüren und zog sich dann wieder zurück.

«Kleine Hexe, ich will dich endlich spüren», murmelte er und verstärkte seinen Griff in ihren Haaren.

Zufrieden lächelte sie in sich hinein und nahm sich vor, ihn noch ein wenig zappeln zu lassen. Sie spitzte ihre Lippen und bedeckte sein Glied über und über mit hauchzarten Küssen, um seine Gier zu schüren. Mit ihrer Nase stupste sie seine Hoden an, atmete tief seinen herben maskulinen Duft ein und schenkte ihm hin und wieder einen unschuldigen Kleinmädchenblick.

Doch sie trieb ihr Spiel zu weit, denn er schaute auf seine Armbanduhr und sagte, ohne ein einziges Mal Luft zu holen: «Du denkst, du könntest das Tempo angeben, dabei hast du vergessen, dass ich der Herr dieser kleinen Session bin, und ich gebe dir genau zwei Minuten, um mich zum Kommen zu bringen oder du wirst meinen Flogger spüren und es wird eine durch und durch schmerzvolle Strafe werden, die zu deiner Erziehung und nicht deiner Lust dient. Deine Zeit läuft ab jetzt!»

Cassandra brauchte einige Sekunden, um die schockierende Ankündigung zu verdauen. Topping from below. Sie hatte einen Kapitalfehler begangen und der Lord verzieh so etwas nicht, auch nicht einer unerfahrenen Sklavin, sondern zog seine Konsequenzen. Man wickelte einen erfahrenen Dominus wie ihn nicht um den Finger, dafür war er zu gewitzt, und trotz seiner Geilheit behielt er immer noch die Kontrolle.

Er faszinierte Cassy immer mehr.

Sie nahm seinen Schwanz tief in den Mund auf. Ihre Lippen schmiegten sich fest um den heißen Penis. Sie nuckelte an dem harten Schaft, gab ihn zur Hälfte frei und leckte über die Eichel. Als der Lord einen tiefen Seufzer von sich gab, schaute sie zu ihm auf, ohne das Glied aus dem Mund zu nehmen.

Ihm gefiel offensichtlich der Anblick ihrer großen, rehbraunen Augen und seinem Schwanz, um den sich ihre Lippen pressten und der in ihren Mund hineinwuchs, denn er lächelte, und diesmal wirkte sein Lächeln nicht herablassend, sondern anerkennend.

Davon angespornt saugte Cassandra intensiver. Sie nahm seinen Penis wieder bis tief in ihre Mundhöhle auf, drückte ihre Lippen so fest sie konnte um das Glied und glitt von der Wurzel bis zur Eichel. Knapp unter der Penisspitze verharrten ihre Lippen, ohne locker zu lassen. Cassy seifte die Eichel ein und verteilte den Speichel mit ihrer Zunge.

Der Lord verlagerte unruhig seine Beine. Mal streckte er das rechte aus und stellte den linken Fuß auf den Boden, mal winkelte er das rechte Bein an und schob den linken Fuß unter die Bank.

Vorsichtig legte Cassy die Hände an seine Oberschenkel und drückte sie weiter auseinander.

Ihr Gesicht versank in seinem Schoß, als sie seine Eier eins nach dem anderen in den Mund nahm, von einer Backentasche in die andere schob, sodass sich ihre Wangen abwechselnd aufblähten, und sie schließlich mit der Zunge aus ihrem Mund drückte. Sie massierte seine Hodensäcke mit der Zungenspitze, küsste sie zwischendurch gefühlvoll und neckte sie behutsam mit den Zähnen, bis sie köstlich prall waren.

Damit das auch so blieb, nahm Cassy sie in die Hände. Sie knetete sie sachte, während sie die Vorhaut seines Schwanzes von der Seite etwas einsaugte. Jedes Mal hielt der Lord dabei den Atem an, als würde er den Schmerz erwarten, aber so weit ließ es Cassy nicht kommen, sondern hörte rechtzeitig auf.

Mit den Lippen zupfte sie am Ende der Vorhaut, schob sie weit zurück und leckte über den freigelegten Schaft. Eine dicke blaue Ader war hervorgetreten. Der Lord stöhnte leise. Er blickte sie mit halb geschlossenen Augen an und ließ ihre Haare los, um auf die Uhr zu schauen.

«60 Sekunden.» Seine Stimme klang rau vor Geilheit. Er hielt sich an der Rückenlehne der Bank fest und schloss die Augen. «Weitermachen.» Das klang jedoch mehr wie eine Bitte als ein Befehl. Dennoch war Cassandra ein wenig traurig, weil sie gehofft hatte, ihn durch den Blowjob von dem Countdown ablenken zu können. Betrübt wurde ihr bewusst, dass es ihm nicht darum ging, sie zu spüren und Spaß mit ihr zu haben, sondern er wollte endlich den Orgasmus haben, der ihm bei der Vorführung verwehrt geblieben war – durch ihre Schuld.

Cassy war bemüht, sich nichts anmerken zu lassen, und leckte über seine Hoden. Sie schleckte sie ab, hob sie mit der Zunge hoch und ließ sie fallen.

Auch ihre Hände waren nicht untätig. Die linke kraulte seinen Schritt, knapp unter dem Hodensack, etwas fester, als sie es gewöhnlich tat, da die Stoffhose im Weg war, und die rechte hielt den Schwanz an der Eichel hoch, damit er nicht störte.

Als ihre Zunge zu rebellieren anfing, nahm sie beide Eier in die linke Hand und wichste den Schwanz mit der rechten.

Der Lord rutschte unruhig auf seinem Sitz hin und her, sodass Cassy ihm mit den Händen folgen musste. Es dauerte nicht lange und ein Spermatropfen trat aus der kleinen Penisöffnung.

Der kostbare Schwanzsaft des dunklen Lords. Verwegen neigte sich Cassy vor. Sie leckte ihn ab und bohrte mit ihrer Zungenspitze in der Öffnung, als wollte sie noch mehr herausholen. Ihr war es egal, ob es Derek recht war oder nicht, oder ob der Lord seine Einwilligung dazu gab oder sagen würde, dass nur besonderen Sklavinnen die Güte zuteil wurde, seinen kostbaren Saft zu trinken. Derek wagte eh nicht, sich zu melden, und der Lord war zu geil.

Also presste sie die Lippen wieder unterhalb der Eichel um den Penis und saugte.

Der Lord bäumte sich auf. Seine Finger krallten sich in die Rückenlehne. Aber dann riss er plötzlich Cassys Kopf zurück. Er rang nach Atem, überprüfte die Zeit und wandte sich an Derek. «Zähl die letzten zehn Sekunden an.»

Cassandra ärgerte sich, weil sie es bisher nicht geschafft hatte, den Lord um den Verstand zu bringen. Er dachte immer noch zu viel nach. Es brauchte viel, damit er die Beherrschung verlor, zu viel.

«Zehn», brummte Derek.

Wütend zog Cassandra die Stirn kraus, aber als sie Derek ansah, spiegelte sich Neid auf seinem Gesicht. Mit der einen Hand stützte er sich auf der Fensterbank ab, mit der anderen holte er sich einen runter. Das konnte Cassy zwar nicht sehen, aber die Geräusche und seine Armbewegung reichten vollkommen, um die Situation zu verstehen.

«Neun.»

Sie wichste den Lord einige Male, erst so schnell sie konnte, dann quälend langsam und darauf wieder ungestüm. Sein Schwanz bekam einen rot-bläulichen Schimmer und die Ader trat noch deutlicher hervor, aber er spritzte nicht ab.

«Acht.»

Verärgert darüber, dass er so ein harter Brocken war, kam sie auf eine verrückte Idee. Fix lockerte sie ihre Korsage, verrieb eilig massig Speichel auf seiner Schwanzspitze und lehnte sich nach vorne. Sie versenkte seine Eichel zwischen ihren prallen Brüsten, wofür sie sich weit vorbeugen musste.

«Sieben.»

Nun war sie dem Lord ganz nah. Ihr Dekolleté schmiegte sich an seinen Unterbauch. Sie inhalierte seinen köstlichen Duft, ein Gemisch aus Aftershave und Körpergeruch, und ließ sich eine Sekunde zu lange ablenken.

«Sechs.»

Hastig legte sie die Hand um seine Peniswurzel und drückte zu. Mit der anderen Hand wichste sie ihn. Rhythmisch schob sie seine Vorhaut vor und zurück und verharrte dabei manchmal in der Bewegung. Wenn sie so eine Pause machte, bewegte sie ihren Oberkörper, um die Eichel, die zwischen ihren Brüsten einpfercht war, zu stimulieren.

Hatte Derek schon «Fünf» gesagt?

Der Lord rutschte weiter nach vorne, bis er auf der Kante der Bank saß und sein Oberkörper nach hinten gelehnt war, damit Cassy ihn besser bearbeiten konnte. Für sie war es unbequem und Zweifel nagten an ihr, ob das wirklich der beste Weg war, um den Lord zum Abspritzen zu bringen, aber es war wenigstens eine ungewöhnliche Stellung.

«Vier.» Dereks Ansage war eher ein Stöhnen.

Cassandra fühlte sich gehetzt. Mutig rollte sie das Shirt des Lords herauf. Während sie den Tittenfick weiterführte, leckte sie an seinen Brustwarzen. Die Nippel waren klein, sein Brustkorb hart und die Haut straff. Er musste regelmäßig trainieren.

Er drückte den Rücken durch, sein Körper bebte vor Geilheit.

Anstatt «Drei» zu sagen, gab Derek einen tiefen Seufzer von sich und kam. Er ergoss sich gegen den Pavillon. Dann keuchte er, lehnte sich gegen einen der Trägerbalken und schloss die Augen. Sein Mund war geöffnet und Schweiß perlte von seiner Stirn.

Die Kerzenflammen tanzten.

Der Lord war immer noch nicht gekommen. Cassy machte einfach weiter. Niemand stoppte sie, nicht Derek und auch nicht der Lord. Ob die Zeit schon abgelaufen war? Sie wusste es nicht und es war ihr egal. Sie würde es als persönliche Niederlage empfinden, wenn sie den Lord nicht zum Orgasmus bringen ...

Cassandra hatte den Gedanken nicht einmal zu Ende gedacht, als der Lord in ihr Dekolleté abspritzte. Er zuckte, sein Schwanzsaft floss in ihre Korsage und quoll aus dem Spalt zwischen ihren Brüsten heraus. Sein lautes Stöhnen drang hemmungslos über den Rasen.

Cassy wagte es nicht, sich zu bewegen, bevor der Lord es ihr nicht gestattet hatte.

Er drückte sie an den Schultern zurück und betrachtete die milchige Samenflüssigkeit, die den Spalt zwischen ihren Tittchen ausfüllte. Er versenkte seinen Mittelfinger darin und presste somit etwas Sperma heraus. Sein Finger glitt von den Brustansätzen zu den Körbchen ihrer Korsage.

Aufgeregt erwartete Cassy, dass er jeden Moment ihre Nippel berühren würde, aber sie wartete vergeblich, denn er zog den Finger knapp vorher heraus und verteilte seinen Schwanzsaft auf ihren fleischigen Bergen.

«Bei dem Anblick könnte ich glatt noch einmal kommen», meinte er atemlos. «Aber ich muss mich um meine Gäste kümmern.»

Er steckte seinen bereits wieder halb steifen Schwanz in die Hose und schloss sie. Schwungvoll stand er auf. Im Gehen wandte er sich an Derek. «Sie hat Potential, aber du musst strenger zu ihr sein. Viel Spaß noch auf meiner Party.»

Erbost schaute Cassandra ihm hinterher. Er hatte noch nicht einmal das Wort an sie gerichtet. Dieser attraktive Scheißkerl hatte sie zum Abschied nicht einmal eines Blickes gewürdigt.

Das Prickeln in ihrer Möse war unerträglich! Sie war geil, sie wollte ebenfalls kommen. In ihrem Beisein hatten in dieser Nacht schon drei Personen die wundervollsten Orgasmen gehabt – die exotische Sklavin, der dunkle Lord und Derek –, aber sie selbst war unglaublich geil und unbefriedigt.

Zornig sprang sie auf die Füße, rang mit dem Gleichgewicht, weil sie die hohen Hacken nicht gewohnt war, und rief über den Rasen: «Und was ist mit mir?»

Der Lord flog herum.

Sie konnte sein Gesicht in der Dunkelheit nicht sehen, ahnte jedoch, dass er erstaunt war.

Er stemmte die Hände in die Hüften und wartete einen Augenblick. Dann kam er zum Pavillon zurück, und an seinem forschen Schritt merkte Cassy, dass er ihr unverschämtes Einfordern eines Höhepunkts nicht guthieß.

Er baute sich im Rahmen des Laubeneingangs auf. Seine Miene war finster und verärgert.

Derek tauchte hinter ihm auf und zuckte mit den Schultern, als wollte er stumm fragen, was ihr Verhalten sollte.

«Was soll mit dir sein?» Die Stimme des Lords klang tief und grollend. «Ich habe dich benutzt, und nun brauche ich deine Dienste nicht mehr.»

Cassandra reckte ihr Kinn in die Höhe. «Derek entlässt mich nie, ohne dass ich einen Höhepunkt habe.»

«Er ist dein Herr, ich nicht!», stellte er richtig und versetzte ihr damit einen Stich. Er wandte sich an Derek. «Hat eine Sklavin das Recht, etwas zu fordern?»

Derek schüttelte den Kopf und antwortete kleinlaut: «Nein, Sir.»

«Dein Herr kann dich einen Monat lang benutzen und dir in dieser Zeit den eigenen Orgasmus verwehren», sagte er scharf und wartete auf ihre Reaktion. Als eine solche ausblieb, schnalzte er: «Nun gut, ich bin heute in Gönnerlaune. Du wirst deinen Höhepunkt bekommen, Sklavin.»

Ihr Herz machte einen Sprung, denn sie hoffte, dass er und nicht Derek ihr dazu verhelfen würde.

Der Lord rieb seine Handflächen aneinander, so hätte er einen Plan gefasst. «Setz dich dorthin, wo ich eben gesessen habe. Du wirst diesen verdammten Slip ausziehen und die Füße rechts und links auf die Bank stellen. Dann hast du die gütige Erlaubnis, dich vor unseren Augen zu streicheln, bis du kommst.»

«Ich soll es mir selbst besorgen? Hier und jetzt?»

«Was an meinem Befehl hast du nicht verstanden?» Er legte drohend seine Hand an den Flogger, löste ihn aber nicht vom Gürtel. «Solltest du bei drei nicht wie angewiesen sitzen, werde ich testen, ob du mit meiner Sklavin mithalten kannst.»

Er will mein Fötzchen schlagen, durchfuhr es sie ängstlich. Die Angst bewirkte jedoch, dass ihre Möse zu pochen anfing und ihre Geilheit unerträglich wurde. Sie wollte doch Befriedigung. Warum zögerte sie schon wieder? Sie wollte ihn doch gerne beeindrucken, sonst hätte sie nicht die Show mit dem Tittenfick abgezogen.

Zögernd zog Cassy den Netzslip und die High Heels aus. Sie schob ihren Ledermini höher, setzte sich und atmete tief durch. Bemüht, dem Blick des Lords auszuweichen, hob sie die Füße an und öffnete sich ihm und Derek.

Ihr Spalt klaffte auf. Die beiden Männer mussten bis in ihren Möseneingang sehen können.

Ihr Intimduft stieg ihr in die Nase und berauschte sie. Cassy schaute an sich herab und bemerkte den Glanz auf ihrem Fötzchen. Der Lustsaft klebte an den Schamlippen, die hochrot und geschwollen waren. Die frische Nachtluft fühlte sich durch die Feuchtigkeit an ihrer Möse kühler an als an anderen Stellen ihres Körpers.

Jemand öffnete die Terrassentür des Hauses. Klassische Musik drang über den englischen Rasen zu Cassandra. Doch sie wurde wieder leiser, als die Tür geschlossen wurde. Kamen weitere Personen zum Pavillon, um zu sehen, was dort vor sich ging?

Entsetzt starrte sie zum Haus hinüber. Da war niemand. Wahrscheinlich war die Person vor der Kälte wieder ins Innere geflüchtet.

Weil der Lord in ihrer Blickrichtung stand, sah sie ihn automatisch an. Sofort spürte sie, wie die Schamesröte in ihre Wangen stieg. Sie saß in der noblen Laube, präsentierte sich wie eine Hure und ordnete sich ihm unter wie eine läufige Hündin. Was tat sie nur hier?

«Streichele dich!», befahl er mit heiserer Stimme.

Zaghaft legte sie die Fingerspitzen auf ihr Fötzchen und begann, ihre großen Schamlippen zu liebkosen. Sie strich immer wieder darüber, von ihrem Möseneingang bis zu ihrem Venushügel, ohne den Kitzler zu berühren.

Ein wohliges Kribbeln breitete sich zwischen ihren weit gespreizten Schenkeln aus.

Behutsam zupfte sie an den kleinen Schamlippen und neckte sich selbst. Cassy verteilte ihren Lustsaft auf ihrer Muschi und sogar auf den Oberschenkeln. Sie roch provozierend an ihren Fingern, in der Hoffnung den Lord zu sich zu locken, doch er kam nicht.

Ein einziges Mal kniff sie sanft in ihre Klitoris. Augenblicklich schwoll ihre Geilheit an. Cassy stöhnte leise.

Übermütig zog sie ihre Schamlippen noch weiter auseinander, um dem Lord zu zeigen, dass sie im ersten Moment zwar wie ein scheues Reh wirken mochte, aber wenn ihre Geilheit erst einmal das Ruder übernommen hatte, war sie fähig, sich gehen zu lassen. Sie bot ihren Möseneingang dar – eine Einladung an den Lord sie zu vögeln.

Und tatsächlich kam er zu ihr. Die Ausbuchtung in seiner Hose war gewaltig. Er war schon wieder stark erregt. Doch anstatt seinen Schwanz herauszuholen, löste er den Flogger von seinem Gürtel.

Ängstlich legte Cassandra beide Hände schützend vor ihre Möse. «Bitte nicht», flehte sie.

Er stützte sich mit einer Hand an der Rückenlehne der Bank ab, neigte sich über sie und grollte: «Nimm die Hände weg!»

Sie zögerte. Tausend Gedanken schwirrten ihr durch den Kopf. Würde er sie wirklich auf ihre Möse schlagen? Wäre sie in der Lage, die Schmerzen zu ertragen? Würde die Qual ihr Lust bereiten? «Ich habe doch alles getan, was Sie verlangt haben.»

«Seit wann diskutiert ein Herr mit seiner Sklavin? Ich warte ungern. Wenn ich warten muss, werde ich ungenießbar.»

Cassy hatte verstanden. Sie nahm die Hände weg und hielt die Luft an. Doch anstatt auszuholen und zuzuschlagen, drehte der Lord den Flogger um, sodass der Holzgriff und nicht die Lederriemen auf Cassys Möse gerichtet war. Er legte den Griff längs zwischen ihre Schamlippen und bewegte ihn hoch und runter, sodass er schon bald mit ihrem Lustsaft besudelt war.

Dann drückte er das Ende des Holzgriffs in ihr Fötzchen.

Erstaunt und glücklich stieß Cassy die angehaltene Luft aus und betrachtete den Griff, der schmal anfing, immer breiter wurde und nun zu zwei Dritteln aus ihrer Möse herausragte. Aber es war noch prickelnder für sie, dass der dunkle Lord den Griff führte. Seine Hand war ihrem Fötzchen so nah wie noch nie, und Cassy sehnte sich danach, von seinen Fingern berührt zu werden, aber diesen Wunsch erfüllte er ihr nicht.

Stattdessen drückte er den Griff in ihr Loch hinein. Mösensaft quoll heraus. Er zog ihn ein Stück weit heraus und presste ihn dann tiefer hinein. Langsam fickte er Cassy mit dem Floggergriff.

Er wisperte: «Reib deine Klit. Massier dich zum Orgasmus. Ich werde dein Gesicht dabei beobachten.»

Am liebsten hätte Cassandra den Rücken durchgestreckt, sich gerade aufgesetzt und ihn geküsst. Aber das würde er nicht wollen, das ahnte sie.

Sie legte Zeige- und Mittelfinger auf ihren Kitzler, der in ihrem Saft schwamm, und begann zu masturbieren. Oh, mein Gott, sie holte sich vor den Augen des Lords einen runter!

Langsam kreisten ihre Fingerspitzen um die Klitoris, doch ihre Geilheit wuchs so schnell, dass sie bald kräftiger zulangte. Währenddessen fickte der Lord sie mit dem Griff. Cassy spürte die Reibung in ihrem Inneren, die ausströmende Wärme des G-Punkts und die Lust, die so schnell anschwoll, dass sie ihr den Atem raubte.

Sie lehnte sich nach hinten. Sie schloss die Augen, als sie dem Orgasmus nah war, besann sich dann aber eines Besseren, denn sie wollte die

Anwesenheit des Lords vollkommen genießen. Daher öffnete sie ihre Augen wieder und sah ihn an.

Wie angekündigt beobachtete er sie. Er nahm jede Regung auf ihrem Gesicht wahr, aber er schmunzelte diesmal nicht erhaben, sondern schien wie gebannt von ihrer Losgelöstheit und atmete ebenfalls schwer.

Es dauerte nicht lange und Cassandra kam. Der Orgasmus ließ sie die Kühle der Septembernacht vergessen, selbst Derek trat in den Hintergrund – es gab nur diesen sagenhaften Höhepunkt und den Lord, der dicht bei ihr war und hautnah miterlebte, wie sie zuckte und zappelte, und der trotzdem weiter ihre Klit bearbeitete, als wollte sie, dass der Orgasmus niemals endete.

Irgendwann hielt sie es nicht mehr aus und musste aufhören. Während sie das Nachglühen der Ekstase genoss, zog er den Griff aus ihrer Möse. Sie nahm erschöpft die Füße von der Bank und streckte sie aus, weil sich ein Krampf in den Oberschenkeln ankündigte.

Ohne ihren Lustsaft abzuwischen, befestigte der Lord den Flogger wieder an seinem Gürtel. Er schenkte Cassy einen langen, durchdringenden Blick, den sie nicht deuten konnte, der aber keinesfalls geringschätzig war.

«Vergnügt euch», sagte er zu ihr und wandte sich dann an Derek. «Die Nacht ist noch jung.»

Anschließend drehte er sich um und schlenderte zur Terrassentür, durch die er ins Haus verschwand.

Diesmal hielt Cassandra ihn nicht auf. Sie schaute ihm nur sehnsüchtig hinterher, zog ihren Netzslip an, damit ihr Mösensaft nicht an ihren Beinen hinunterlief und glitt mit den Füßen in ihre hochhackigen Schuhe.

«Ich möchte auf die Toilette, um mich abzuputzen, und danach heim.» Cassandra richtete ihren Minirock.

Derek seufzte. «Mir reicht es auch für heute. Woher nimmt der Lord nur diese Energie? Mich hat der Orgasmus ausgepowert.»

Anstatt ihm zu antworten, kam sie zu ihm, hakte sich bei ihm ein und zog ihn mit sich. Sie überquerten den Rasen, betraten die Terrasse und schlüpften durch die Glastür ins Haus.

Cassy entspannte sich, sie genoss die Wärme. Ohne dem Treiben der Gäste viel Aufmerksamkeit zu schenken, steuerte sie geradewegs die WCs an. Hier trennten sich ihre Wege.

Auf der Toilette trocknete sie mit Unmengen von Papier ihre Spalte und Tittchen ab und tröpfelte anschließend Wasser über ihren Nacken. Sie fuhr mit den Fingern durch ihr Haar, aber ihre Locken ließen sich nicht bändigen. Sie sah aus wie ein gerupftes Huhn!

Als sie aus dem Waschraum kam, war Derek noch nicht da.

Sie musterte gerade Domina Deity, die einem Sklaven einen Finger in den Hintern steckte, worauf dessen Schwanz lustvoll zuckte, als ihr Blick auf den Lord fiel. Er plauderte mit zwei Männern in schwarzer Lederkluft.

Wie gut er aussah! Cassy wollte mehr von ihm. Ihre erste Neugier und Lust waren zwar befriedigt, aber ihr Appetit auf mehr war geweckt worden.

Sie gierte nach seinen Berührungen, wünschte seinen Flogger auf ihren Arschbacken zu spüren und sehnte sich danach, von ihm genagelt zu werden. Der Holzgriff in ihrer Möse hatte sich geil angefühlt. Aber wie geil würde erst sein Schwanz sein!

Er löste sich von der Gruppe, und Cassy schnitt ihm den Weg in den Saal ab.

«Hast du immer noch nicht genug?», fragte er amüsiert.

Sie antwortete keck: «Nein, Sir.»

«Dein Herr, Derek, er wird deine Begierde nicht gutheißen.»

«Wir spielen nur miteinander. Es ist nichts ...», Cassy räusperte sich, «... Ernstes. Ich bin nicht sein Besitz oder so.»

«Nun dann, das ist eure Sache.» Er schickte sich an zu gehen.

«Darf ich Sie etwas fragen?» Ihr Herz schlug heftig. Sie hatte schweißnasse Hände. Sollte sie ihn wirklich darum bitten? Er war nicht sonderlich interessiert an ihr, so jedenfalls schien es. Aber einen Versuch war es wert, immerhin waren sie miteinander intim geworden. Oder so ähnlich. Was konnte er schon anderes tun, als nein zu sagen.

Verwundert blieb er wieder stehen.

«Ich, also ...», druckste sie herum und knabberte an ihrer Unterlippe. Schließlich fasste sie sich ein Herz. «Ich möchte Sie um die Großzügigkeit Ihrer Erziehung bitten.»

«Was?», entfuhr es ihm. «Ich glaube, ich habe mich verhört.»

Cassandra wäre vor Scham am liebsten im Boden versunken. Sie fühlte sich wie eine Maus, die er jeden Moment zertreten würde. Ihre Nerven lagen blank. Was hatte sie sich nur dabei gedacht? Aber nun war es nun einmal heraus.

«Sie sehen nur meine Engelslocken, aber ich bin kein Püppchen, das verhätschelt werden will. Ich kann einiges ertragen.» Hatte sie das wirklich gesagt? «Ich lechze nach Demütigung und Schmerz und möchte die Abgründe einer Sklavenerziehung erfahren. Bitte, ich bin zu wahrer Hingabe fähig.»

«Du weißt nicht, was du da redest», sagte er, aber er klang nicht wütend, sondern betroffen. «Wir hatten eine kurze unbedeutende Session zusammen. Mehr nicht. Du warst interessant, hattest nette Ideen. Mehr nicht.»

Cassys Augen wurden feucht. Sie würde doch wohl nicht heulen! Sie kam sich lächerlich vor, aber seine Worte trafen sie.

«Fahr mit Derek nach Hause und genießt eure unverfänglichen Spiele.»

«Und wenn mir das nicht mehr reicht?» Ihre zitternde Stimme war ihr peinlich. «Es war okay, um zu sehen, ob SM mir gefallen könnte. Das tut es! Ich möchte mehr erfahren, aber das kann ich nur, wenn ein erfahrener Dominus sich erbarmt, mich zu erziehen.»

Er schmunzelte spöttisch. «Und mich hast du dazu auserkoren.»

«So ist es nicht», schoss es aus ihr heraus, und sie errötete heftig, weil es offensichtlich war, dass sie sich zu ihm hingezogen fühlte. «Ich würde mich freuen, wenn Sie mich erziehen würden. Ihnen könnte ich mein ganzes Vertrauen schenken. Ihnen würde ich mich vollkommen hingeben.»

Sie verstummte, als er nah an sie herantrat.

«Du weißt nicht, wovon du sprichst, Cassandra.»

Es war das erste Mal, dass er ihren Namen aussprach. Sie erschauerte wohlig und ihre Nippel stellten sich auf.

«Ich bin nicht das, was du suchst, nicht der Dom, den du brauchst», fuhr er fort.

Flehentlich sah sie in seine dunklen Augen. «Doch, da bin ich mir ganz sicher.»

«Du kennst mich nicht, überhaupt nicht, nicht meine ausgefallenen Vorlieben, nicht das Ausmaß, indem ich über meine Sklavinnen herrsche – gar nichts!» Er wurde ernst und legte sanft die Hand an ihre Wange.

«Spricht man nicht vorher über Tabus?»

«Ich spreche nicht», seine Finger vergruben sich schmerzhaft in ihren Haaren, «ich nehme mir einfach, was ich will. So bin ich. Ich kann es mir erlauben. Sklavinnen aller Art liegen mir zu Füßen. Ich suche mir einfach eine aus und nehme sie mit, um sie zu bearbeiten. Wieso sollte ich meine Aufmerksamkeit an einen Grünschnabel wie dich verschwenden?»

Jeden Moment würde sie zu heulen anfangen. Cassy kämpfte gegen ihre Tränen an. Sie war zu erschöpft, um ein Nerven aufreibendes Gespräch wie dieses zu führen. Außerdem begehrte sie ihn, aber es gab keine Argumente, die für sie sprachen.

Mühsam brachte sie heraus: «Weil ich mich Ihnen mit Leib und Seele hingeben würde. Nicht wie die anderen Sklavinnen, die es nur mit dem Gott der Szene getrieben haben wollen, um damit angeben zu können.»

Sein Erstaunen spiegelte sich auf seinem Gesicht. «Und du meinst, das ist so?»

«Hhm.»

«Du kannst dir nicht vorstellen, dass diese Frauen mich ebenfalls begehren, sondern denkst, dass sie mich nur als Prestigeeroberung betrachten?» Ein feuriges Funkeln trat in seine Augen.

Cassy war auf der Hut. «So war das nicht gemeint, aber vielleicht bin ich weniger von diesem exklusiven Club verdorben als diese Sklavinnen. Ich bin neu, unvoreingenommen und sehne mich aufrichtig danach, mich einem Mann zu unterwerfen, den ich ...» Huch, jetzt hatte sie sich fast in eine vertrackte Situation hineingeredet. Am besten hielt sie den Mund.

Der Lord wirkte auf einmal wie ein getretener Hund und ließ ihre Haare los. «Cassandra, du solltest dich nicht zu mir hingezogen fühlen. Es ist besser für dich, glaube mir. Manchmal begehrt man etwas, was nicht gut für einen ist.»

«Habe ich nicht eine Chance verdient?» Sie schluckte ihre Tränen runter und straffte den Rücken. «Sie könnten es mit mir versuchen. Sollten Sie enttäuscht sein, schicken Sie mich weg, und ich lasse Sie für immer in Ruhe.»

Er schüttelte den Kopf. «Meine Art BDSM zu leben ist extremer, als du es gewohnt bist.»

«Ich lerne schnell.»

«Nein!», sagte er mit donnernder Stimme. «Für dich ist SM ein Spiel, das du wie ein Hobby betreibst, aber für mich, Cassandra, ist es eine Lebensphilosophie. Ich lebe BDSM! Es ist die Welt, in der ich existiere, und nicht nur eine Maske, die ich nach Feierabend aufsetze. Ich bin dominant!»

«Genau das fasziniert mich ja.»

«Aber du bist nicht 24 Stunden sieben Tage die Woche devot. Könntest du dir das vorstellen?»

«Ich studiere Journalismus und schreibe kleine Artikel für den Boulder Daily, um finanziell halbwegs über die Runden zu kommen», erklärte sie und hob entschuldigend die Schultern. Der Alltag verlangte von ihr, selbstbewusst zu sein und ihren Mann zu stehen. Vielleicht sehnte sie sich deshalb in ihrer Freizeit nach Unterwerfung.

«Als Geschäftsmann schätzt man meine Beherrschtheit und meine Konsequenz bei Verhandlungen, und meine Freunde sind alle SM-Anhänger. In der Szene findest du viele Bezeichnungen, aber meine ist nicht künstlich. Ich bin der Lord.»

«Ein englischer Adeliger?»

Er lachte schallend auf. «Du hast wirklich nicht die geringste Ahnung, wen du anhimmelst. Mein Name lautet Andrew Callum Lord und ich leite Lord Enterprises, ein Unternehmen, das Privatjets für zahlungskräftige Kunden konzipiert, baut und vertreibt.»

Cassy verstand. «Ich bin nicht gut genug für Sie, nicht für den Dominus und auch nicht für den reichen Geschäftsmann.»

«Darum geht es nicht. Ich bin eine Nummer zu groß für dich und rette dich vor deinem eigenen Übermut. Leichtsinn kann gefährlich sein!» Sein Handrücken streifte ihr Kinn, bevor er mit eiligen Schritten zurück in den Saal ging.

Traurig blieb Cassy zurück. Sie wusste nicht, was sie von dem Gespräch halten sollte. Immerhin hatte er sie nicht lachend zerschmettert, sondern sie hatte eher das Gefühl, dass er ihr absichtlich hatte Angst machen wollen, damit sie das Weite suchte.

Domina Deity tauchte plötzlich neben ihr auf. Unter ihrer Latexmaske grinste sie breit. «Der Lord und die Gefahr – zwei Dinge, die untrennbar sind.»

«Genau das reizt mich», erwiderte Cassandra aufmüpfig. Die Domina musste das Gespräch belauscht haben. Hexe!

Deity kniff sie in den Oberarm. «Du bist wie eine Motte, die vom Licht angezogen wird. Pass auf, dass du dich nicht daran verbrennst, und höre auf den Lord. Er erkannte bereits als Teenager seine dominante Seite. Seitdem hat er an seinen Fähigkeiten gefeilt und ist gereift. Er hat viel gesehen, viel erlebt und viele Sklavinnen gehabt.»

«Was willst du mir sagen, was der Lord mir nicht bereits gesagt hat?», fiel Cassy ihr ins Wort.

«Am Anfang, wenn SM noch neu ist, sind softe Praktiken noch befriedigend. Aber man wird rasch abgebrüht und die Intensität der Sessions steigert sich.»

«Willst du mir damit sagen, ich bin nicht belastbar genug?»

«Du bist zumindest keine Herausforderung für ihn, sondern eher langweilig.»

Cassy riss sich los. «Das war mir schon klar, bevor du es loswerden wolltest. Ich habe keine Lust mehr auf dein Geschwätz.»

Derek kam endlich aus dem WC, und sie konnte es kaum erwarten, mit ihm das Haus zu verlassen.

Aber Deity griff erneut nach Cassandras Arm. «Ja, aber ich meine es nur gut mit dir. Er nimmt seine Sklavinnen hart ran. Manche munkeln sogar, dass er es mit der einen oder anderen schon zu weit getrieben hat.»

Die Domina schnaubte noch einmal und machte sich davon.

Über die letzten Worte von Deity dachte Cassy noch nach, als sie längst im Wagen saß und Derek sie heimfuhr. Konnte es tatsächlich sein, dass der Lord skrupellos handelte? Ließ er sich manchmal gehen und schlug über die Stränge, um den ultimativen Kick zu bekommen? Cassy konnte sich das nicht vorstellen. Er wirkte so beherrscht. Außerdem hatte Deity doch Lobeshymnen auf seine Erfahrenheit gesungen. Wollte die Domina sie am Ende doch nur erschrecken oder war etwas an den Gerüchten um den Lord dran?

«Bist du sauer?», fragte sie Derek und griff nach der braun karierten Wolldecke, die auf dem Rücksitz lag. Sie knüllte sie zusammen, klemmte sie zwischen Fenster und Schulter ein und lehnte den Kopf dagegen.

Er schaltete die Heizung an. «Warum sollte ich?»

«Weil du im Pavillon nur Zuschauer warst.»

«Ich hatte auch meinen Spaß, wie du gesehen hast, und vom Zuschauen kann man viel lernen.»

Das beruhigte sie. Derek war ein guter Freund für sie und eine der wenigen Personen, mit denen sie über SM reden konnte. Es wäre ihr unerträglich gewesen, wenn er wütend gewesen wäre.

Aber dann sagte er etwas, was ihr gar nicht passte. «Du hast bekommen, was du wolltest. Jetzt solltest du ihn vergessen.» Natürlich meinte er den Lord.

Obwohl Cassy todmüde war, regte sich Widerspruch in ihr. Alle rieten ihr, sich vom Lord fernzuhalten. Warum nur? Aber sie hatte nicht das Bedürfnis, Derek nach seinen Gründen zu fragen. Die Diskussionen mit dem Lord und der «göttlichen» Domina hatten ihr gereicht.

Das Problem war nur, dass Trotz bei ihr meist die gegenteilige Reaktion zu dem hervorrief, was man von ihr erwartete.

*

Cassandra saß in der Vorlesung und hing ihren Gedanken nach. So sehr sie sich auch bemühte, sie konnte den Ausführungen des Professors zum Thema internationaler Medienmarkt nicht folgen. Immer wieder driftete sie in ihre Tagträume ab.

Andrew Callum Lord. Dieser Name tauchte immer wieder vor ihrem geistigen Auge auf. Alle sagten, sie solle ihn vergessen, aber das war nicht so einfach, weil die Erinnerung an den Sex in seinem Pavillon einfach nicht verblassen wollte.

Sogar er selbst hatte sie abschrecken wollen. Er hatte sich entzaubert, indem er seine wahre Identität preisgegeben hatte. Somit war er nicht länger der geheimnisvolle Unbekannte, der Meister der Meister, sondern ein Mann aus Fleisch und Blut, mit einem Job, mit ganz alltäglichen Problemen ... mit einer Familie?

Cassy seufzte. Sie hörte auf in ihr Ringheft zu kritzeln und schaute aus dem Fenster. Dicke Regentropfen kündigten den Herbst an. Sie prasselten gegen die Fensterscheibe des Hörsaals und liefen in Schlieren herab. Die

Temperaturen waren über Nacht gefallen und der erste Oktober zeigte sich von seiner unfreundlichen Seite.

Das Wetter war genauso trübe, wie Cassy sich fühlte.

«Na, du bist ja bei der Sache.» Ihre Freundin Penelope, die alle nur Pen nannten, stupste sie sanft an. «Presserecht ist langweilig, aber wichtig, Darling. Also, hör besser zu.»

Penelope Townsend war keine Schönheit, aber sie war eine pfiffige Brünette mit viel Charme und Wärme. Zurzeit trug sie ihre Haare glatt und schulterlang mit einem Fransenpony. Ihre Nase fiel jedem, der sie kennenlernte, als Erstes auf, denn sie war groß mit einer auffällig runden Spitze.

«Sie gibt deinem Aussehen etwas Besonderes, sie ist ein Wiedererkennungsmerkmal», hatte Cassy gesagt, als sie sich das erste Mal auf einer Highschool-Party begegnet waren. «Eine richtige Charakternase.»

Pen winkte ab. «Sie ist ein Zinken, gib's ruhig zu.»

Beide hatten sofort losgeprustet und waren sich lachend in die Arme gefallen. Das war der Beginn einer tollen Freundschaft gewesen, die bis heute hielt. Sie hatten sich sogar für denselben Studiengang entschieden: Journalismus mit anschließendem Aufbaustudium.

«Was soll das denn sein? Ein Pferdeschweif?», fragte Pen und deutete auf die Kritzeleien in Cassys Heft.

Cassandra folgte dem Finger mit ihrem Blick und errötete. Die Kulizeichnung stellte einen immer dicker werdenden Gegenstand dar, aus dem einige Stränge herauswuchsen, die dem Schwanz eines Pferdes ähnelten. Doch sie hatte einen Flogger gemalt, so einen, wie der Lord ... wie Andrew ihn im Pavillon dabeigehabt hatte.

Verschämt lächelnd malte sie über die Zeichnung drüber, bis sie unkenntlich war.

Pen rückte näher an sie heran. «Seit dem Abend, an dem du nicht mit uns Mädels feiern gehen wolltest, bist du verändert. Du hattest wohl etwas Besseres vor. Was hast du in dieser Nacht gemacht?»

«Ich war nur auf einer Party», sagte Cassy beiläufig.

Pen weitete neugierig die Augen. «Mit wem? Hast du einen neuen Kandidaten?»

«Ich habe keinen Freund, es war nicht einmal ein Date. Ich war nur mit Derek aus.»

Enttäuscht lehnte sich Penelope zurück. «Ach so, einer dieser SM-Treffs.»

Pen meinte dies nicht abfällig. Sie selbst konnte mit Lustschmerz und Erniedrigung zwar nichts anfangen, akzeptierte Cassys Neigung jedoch. Allerdings fand sie, dass es an der Zeit war, dass Cassandra sich einen festen Freund suchte und nicht nur eine Spiel-Beziehung mit Derek führte.

Penelope hielt viel von festen Partnerschaften. Sie selbst war seit ihrem 14. Geburtstag mit Curt zusammen, einem gutmütigen Riesen, der vor drei Monaten um ihre Hand angehalten hatte. Zu Cassys Erstaunen hatte ihre Freundin ja gesagt. Sie ahnte, dass Pen bald heiraten und Kinder kriegen würde, das passte einfach zu ihr.

Cassy dagegen träumte von Schmerz, hemmungslosem Ficken, Erniedrigung und fließenden Säften. Ihre Leidenschaft für BDSM war jung, es gab noch so viel zu entdecken. Bis vor Kurzem hatte sie nicht einmal den Wunsch verspürt, sich an jemanden zu binden.

Aber der Lord hatte ihre Träume verändert. Eine Beziehung mit ihm wäre jedoch nicht mit der von Pen und Curt zu vergleichen. Das Leben der beiden würde sich bald nur darum drehen, ein Haus zu bauen, einen Baum zu pflanzen und einen Sohn zu zeugen, wie ihre Granny Selma immer zu sagen pflegte. Wieder einmal merkte Cassandra, dass sie einfach anders war als die meisten Menschen.

Hoffentlich entzweit uns unsere unterschiedliche Lebensplanung nicht eines Tages, dachte Cassy betrübt.

Pen machte eine besorgte Miene. «Ist etwas auf der Party passiert? Du bist so in dich gekehrt.»

«Nein, es ist alles in Ordnung. Wirklich!», antwortete sie und quälte ein Lächeln hervor.

«Mir machst du nichts vor. Dafür kenne ich dich schon zu lange. Dich beschäftigt etwas.»

Cassy sah ein, dass es keinen Sinn hatte, es abzustreiten. «Ich habe jemanden kennengelernt.»

«Das ist toll!» Pen strahlte.

«Ich weiß nicht.»

«Stimmt etwas nicht mit ihm?»

Wenn sie das wüsste ... «Doch.»

«Hast du dich mit ihm vergnügt?», wisperte Pen und zwinkerte. «Du weißt schon ...»

Cassandra nickte schmunzelnd und diesmal war ihr Lächeln echt. Seit der Party konnte sie nur noch an den Moment denken, als der Lord ihr tief in die Augen geschaut und sie mit dem Floggergriff gefickt hatte, während sie es sich selbst besorgt hatte.

«Wirst du ihn wiedersehen?»

Ihr Grinsen gefror. Sie wusste es nicht. Oder doch?

Sie konnte es dem Zufall überlassen, ob sie Andrew auf einem der nächsten Events treffen würde, doch die Chancen waren gering, weil er sich in exklusiver Gesellschaft vergnügte und sie selbst dagegen eher mit Normalsterblichen feierte. Dass es sie in sein außergewöhnliches Haus verschlagen hatte, war pures Glück gewesen. Ein Bekannter hatte sie und Derek eingeführt.

Aber sie kannte seinen Namen, wusste, wo er wohnte, und konnte leicht den Sitz seiner Firma herausfinden. Sie könnte Kontakt zu ihm aufnehmen. Würde sie das zur Stalkerin machen? Würde Andrew wütend sein und sie rauswerfen?

Sie wusste es nicht. Es war ja nicht so, dass er gar kein Interesse an ihr gezeigt hatte. Es schien ihr vielmehr so, als ob er sein Interesse an ihr unterdrücken würde. Oder war das reines Wunschdenken?

Jede Faser ihres Körpers sehnte sich nach ihm. Kein Mann hatte sie jemals derart fasziniert. Es war fast schon obsessiv. Seit sie ihn auf der Party getroffen hatte, masturbierte sie jede Nacht, während sie sich die Szene im Pavillon immer und immer wieder in Erinnerung rief.

Sie musste den Lord einfach wiedertreffen! Ihre erste Begegnung durfte nicht gleichzeitig ihre letzte gewesen sein.

Ein Sprichwort fiel ihr ein: The more you scratch, the more you itch. Je mehr du dich kratzt, desto mehr juckt es.

Vielleicht war es besser, wenn sie ihn nie wieder sah, weil es ihr dann einfacher fallen würde, ihn zu vergessen. Je öfter sie ihn sehen würde, desto mehr würde sie ihn begehren.

Aber so war Cassy nicht gestrickt. Sie war eine Kämpfernatur, sie biss sich durch und gab nicht vorschnell auf. Sonst wäre sie nicht gegen den Wunsch ihrer Eltern noch während ihres Studiums von zu Hause ausgezogen und würde sich nicht mit dem lächerlichen Honorar, das sie für das Schreiben von kurzen Zeitungsartikeln bekam, über Wasser halten, sondern hätte den Zuschuss von Mom und Dad angenommen.

Und plötzlich wusste sie, dass sie Andrew Callum Lord noch einmal sehen musste. Sie konnte ihn nicht vergessen, ohne nicht noch einmal zu versuchen, ihn umzustimmen. Der Wunsch, seine Sklavin zu werden, würde so schnell nicht verblassen. Dafür hatte der dunkle Lord einen zu starken Eindruck bei ihr hinterlassen.

«Wirst du ihn wiedersehen?», wiederholte Penelope ihre Frage.

Cassy schreckte aus ihren Gedanken hoch. Im nächsten Moment erhellte sich ihr Blick. Im Brustton der Überzeugung antwortete sie: «Ja!»

Die ganze Vorlesung über war sie hibbelig. Als endlich der Gong ertönte, floh sie aus der University of Colorado und schwänzte die restlichen Stunden. In ihrem klapprigen Pontiac, der vor Rost fast auseinanderfiel, raste sie nach Hause und duschte. Das Wasser, das ihren Körper streichelte, elektrisierte sie. Das Prickeln ging ihr durch und durch. Die Vorfreude auf den Lord erregte sie. Am liebsten hätte sie ihre Möse mit dem Duschstrahl verwöhnt, aber sie wollte ihre Geilheit konservieren, bis sie Andrew gegenüberstand.

Wäre das schön, wenn er über mich herfallen würde, dachte sie. Und selbst wenn nicht, würde ihre Geilheit ihren Kampfgeist anfachen.

Das Abtrocken heizte ihre Lust noch mehr an. Sie rubbelte etwas länger als notwendig zwischen ihren Schenkeln, aber nicht lange genug, um zu kommen. Dann machte sie sich schick.

Sie schlüpfte in einen Minirock mit weiß-beigen Karos, zog schwarze Wildlederstiefel an, die ihr bis knapp über die Knie reichten und einen Acht-Zentimeter-Absatz hatten, und wählte einen nougatbraunen, engen Pullover aus, der ihre üppigen Brüste betonte. Cassy war zwar schlank, besaß aber weibliche Rundungen, die den Männern bisher immer gefallen hatten. Sie selbst zweifelte jedoch ab und zu an ihren Kurven. Um ihre ausladenden Hüften zu kaschieren, warf sie eine schwarze Cordjacke über, die sie nicht schloss. Wegen ihrer großen Tittchen stand sie offen und rahmte den Ausschnitt ihres Pullis ein.

Cassy legte Silberschmuck an, schminkte sich dezent und drehte sich zufrieden vor dem Ganzkörperspiegel in der Diele. Sexy, aber stilvoll.

Sie suchte noch rasch im Internet die Adresse von Lord Enterprises heraus, druckte sich die Anfahrtsbeschreibung und den Kartenausschnitt aus, die sie auf der Firmenhomepage gefunden hatte, und machte sich auf den Weg.

Als sie im Pontiac saß, schlug ihr das Herz bis zum Hals. Sie kurbelte das Seitenfenster herunter. Kopfweh war jetzt das Letzte, was sie gebrauchen konnte.

Vielleicht war Andrew gar nicht in der Firma, sondern geschäftlich unterwegs oder hatte Urlaub. Vielleicht lehnte er es ab, sie zu sehen, und würde sie bereits von der Empfangsdame abservieren lassen. Vielleicht ... Was nutzte es, weiter darüber nachzudenken. Bald würde sie ohnehin Klarheit haben.

Das Stadtbüro von Lord Enterprises lag in Downtown, ein exklusiver Standort. Es gab einen kleinen Parkplatz direkt vorm Haus, auf dem Cassandra ihren Wagen abstellte.

Einige Minuten blieb sie sitzen und schaute zum Gebäude hinüber. Über dem Eingang stand in großen Lettern der Name des Unternehmens und darunter kleiner: Privatjets, Charter und Verkauf.

Cassys Herz rutschte in die hohen Stiefel, als sie aus dem Auto ausstieg. Mit jedem Schritt, den sie dem Eingang näherkam, beschleunigte sich ihr Puls. Ihr Mund war trocken und sie wünschte sich, vorher ein Budweiser getrunken zu haben.

Sie war bemüht, gleichmäßig ein- und auszuatmen, um sich zu beruhigen, was ihr nur mäßig gelang, und ging durch die Drehtür in das Bürogebäude. Die Ausstattung des Empfangsbereichs verunsicherte sie.

Ein hochglänzender beigefarbener Marmorboden. Eine edle sandfarbene Ledercouch und zwei passende Sessel in einer Ecke. Ein kleiner Kühlschrank mit durchsichtiger Front, in dem exklusives Mineralwasser, wie Voss Gletscherwasser, Fiji und Finé sowie einige Flaschen Veuve Clicquot Champagner unterschiedlicher Größe standen. Eine original Schweizer Schümli-Kaffeemaschine, die auf Knopfdruck Caffé crema, Milchkaffee, Cappuccino, Espresso und Latte Macchiato zubereitete, mit blank polierter Edelstahlfront und Beistelltisch, auf dem in einer Kristallschale einzeln abgepacktes Feingebäck darauf wartete, verzehrt zu werden.

«Wie kann ich Ihnen helfen?», fragte die Empfangsdame höflich. Sie hatte ein strahlendes Lächeln, gebleichte Zähne und trug ein dunkelblaues Kostüm. Ihre hellbraunen Haare hatte sie streng hochgesteckt. Ihre Augenbrauen waren mit einem braunen Schminkstift geschickt aufgemalt, man sah kaum, dass sie keine Brauen mehr hatte.

Vermutlich zu viel gezupft. «Guten Tag, ich würde gerne zu Mister Andrew Callum Lord.»

«Haben Sie einen Termin?»

Sie hatte gewusst, dass diese Frage kommen würde, aber sie war trotzdem zerknirscht, als sie zugab: «Nein.»

Die Rezeptionistin öffnete den Mund, um etwas zu sagen, kam aber nicht dazu, denn Cassy fügte selbstbewusster, als sie sich fühlte, hinzu: «Aber er wird mich empfangen. Mein Name ist Cassandra Rodson.»

Wenn er sich nicht mehr an ihren Namen erinnerte, würde sie vor Scham und Betrübtheit tot umfallen. Immerhin schien er im Büro zu sein.

«Von welcher Firma?»

Verlegen räusperte sich Cassy: «Privat.»

Die Empfangsdame ließ sich nichts anmerken, sondern behielt ihre professionelle Fassade. Sie setzte ihr Headset auf und wählte eine Nummer. Nach einer kurzen Wartezeit sprach sie: «Hier ist Natalie McArthur vom Empfang, Mister Lord. Eine Cassandra Rodson steht hier und hätte Sie gerne privat gesprochen.»

Cassy hielt den Atem an. Falls er sie abweisen sollte, würde sie aus dem Gebäude laufen, damit niemand ihren roten Kopf sah. Es war ihr peinlich, ihm hinterherzulaufen, doch wenn sie es nicht täte, würde sie es auf ewig bereuen. Zur Hölle, er war es wert!

«In Ordnung», sagte Miss McArthur und legte auf.

Cassy war übel. Schüchtern blickte sie die Rezeptionistin an.

Aber anstatt sie aus dem Bürogebäude zu komplimentieren, ging sie zum Personenaufzug, dessen Tür offenstand. «Mister Lord erwartet Sie in seinem Büro. Sie finden es in der obersten Etage, rechter Gang, ganz hinten durch.»

«Oh», machte Cassandra erstaunt und eilte in den Lift. «Herzlichen Dank.»

Die Empfangsdame drückte den Knopf für die fünfte Etage. «Gern geschehen.»

Die Aufzugtür schloss sich. Während der Fahrt nach oben begutachtete Cassy ihr Outfit im Spiegel, der gegenüber einer Sitzbank eingelassen war. Eine Sitzbank in einem Lift! So etwas kannte sie nur aus Filmen. Aber eine exklusive Kundschaft benötigte natürlich ein exklusives Ambiente, vermutete sie.

Ihr war heiß und ihre geröteten Wangen verrieten ihre Aufregung. Gleich würde sie Andrew Callum Lord wiedertreffen. Den Lord. Den dunklen Lord. Der zwischen ihren Brüsten abgespritzt und sie zum öffentlichen Masturbieren aufgefordert hatte. Eigentlich war es nur unter freiem Himmel gewesen ...

Die Aufzugtür öffnete sich. Nur noch wenige Schritte.

Zögerlich schritt sie durch den Gang, grüßte Angestellte, die ihr begegneten, und bemühte sich, das Gefühl, hier fehl am Platz zu sein, zu unterdrücken. Doch je näher sie seinem Büro kam, desto schneller ging sie. Die Sehnsucht zog sie zu ihm. Sie wollte ihn endlich wiedersehen, wollte bei ihm sein und ihn davon überzeugen, sie zu seiner Sklavin zu machen.

Als sie jedoch vor ihm stand, brachte sie keinen Ton heraus.

Er legte die Akten, die er gerade in der Hand hielt, auf seinen riesigen mit nussbraunem Leder überzogenen Schreibtisch und erhob sich. Dann schlenderte er um den Tisch herum, setzte sich mit dem Hintern auf die Kante und verschränkte die Arme vor dem Oberkörper.

Er trug ein Shirt unter einem Hemd mit gestärktem Kragen, dessen Bund er in die Hose gestopft hatte. Alles war schwarz und Cassy musste ihm recht geben:

Er *war* der Lord.

Beruflich sah Andrew genauso aus wie auf seiner Party als Dominus.

Seine Miene war finster, aber Cassy bemerkte dennoch das lüsterne Funkeln in seinen Augen. «Nun? Was führt dich zu mir, Sklavin.»

Cassandra wurde auf der Stelle krebsrot im Gesicht, weil er sie nicht mit ihrem Namen, sondern als Sklavin ansprach. Er ahnte offenbar, in welche Richtung das Gespräch gehen würde. Oder wollte er sich lediglich einen Spaß erlauben, um sie in eine peinliche Situation zu bringen? Egal! Augen zu und durch.

Um nicht gleich auf den Punkt kommen zu müssen, machte sie eine ausladende Geste. «Ziemlicher Prunk.»

«Genau wie mein Haus, nicht wahr?»

Sie nahm das gefährliche Timbre in seiner Stimme wahr und lenkte rasch ein. «Ich meinte nur, dass die Büroausstattung luxuriös ist.»

«Mit Speck fängt man Mäuse. In feudaler Umgebung merken die Kunden nicht so schnell, wie viele Dollar sie ausgeben. Verschwendung erscheint in einem verschwenderischen Ambiente normal.»

Cassy wurde neugierig: «Und Ihr Haus, Sir? Was hat Sie dazu bewogen, sich ein kleines Schloss zu bauen?»

«Meine Freunde und Bekannte», antwortete Andrew lächelnd. «Aufgrund meines Nachnamens vermuten viele Menschen, dass ich adelig wäre, was nicht der Fall ist. Ich werde immer mal wieder mit Lord Andrew Callum angesprochen. Als Gag und Investition habe ich mir ein Miniaturschloss bauen lassen.»

«Miniatur?» Cassy runzelte skeptisch die Stirn.

«Es hat die Größe eines durchschnittlichen Herrenhauses, kein Vergleich zu echten Schlössern. Ich empfange dort meine Kunden zu Geschäftsessen. Das Haus lässt mich wunderbar dekadent und exzentrisch wirken. So etwas mag meine Klientel.»

«Und Ihre Freunde aus der SM-Szene.»

Da wurde er wieder ernst. «Nun, dort tummelt sich nicht unbedingt die Szene, eher ein kleiner, exklusiver Club, zu dem sich hin und wieder Frischfleisch gesellt.»

Womit sie beim Thema wären. Sie haderte. Wie sollte sie es nur anfangen, geschickt das Gespräch auf ihre Sklavenerziehung zu lenken? Da sie viel zu aufgeregt war, würde ihr sowieso keine sinnvolle Überleitung einfallen, daher wählte sie die Flucht nach vorn. «Ich bin hier wegen der Bitte, die ich auf Ihrer Party geäußert habe.»

«Cassandra ...»

Sie unterbrach ihn wenig demütig. «Ich kann den Pavillon nicht vergessen.»

«Das solltest du aber.»

Störrisch schüttelte sie den Kopf. «Nein! Ich bin mir bewusst, dass ich unerfahren und deshalb wenig reizvoll für Sie bin. Aber Sie könnten einfach Ihren Spaß mit mir haben, und ich verspreche schnell zu lernen.»

«Das würde dir reichen?», fragte er sanft. «Es würde dir genügen, wenn du wüsstest, dass ich dich nur benutze, um Zerstreuung zu finden?»

Sie nickte unsicher.

«Es wäre kein Problem für dich, wenn ich keinerlei Gefühle in deine Erziehung investieren würde?»

Betreten schwieg Cassy.

«Ich würde dich quälen, um mich und nur mich anzumachen, und dich dann ficken, bis ich gekommen bin. Deine Lust wäre mir egal. Dann würde ich dich nach Hause schicken, ohne dich eines weiteren Blickes zu würdigen, ohne aufbauende Umarmung oder Abschiedsgruß. Wie würde dir das gefallen?»

Es wäre Scheiße, sagte ihre innere Stimme, doch da war wieder dieser Trotz, der ihr so oft in die Quere kam. Er veranlasste sie aufmüpfig zu erwidern: «Es ist die Aufgabe einer Sklavin, sich vertrauensvoll in die Hände ihres Meisters zu begeben.»

Er stand auf und machte einen Schritt auf sie zu. «Du bist nicht so stark, wie du glaubst.»

Mühevoll widerstand sie dem Drang zurückzuweichen.

«Du würdest nach wenigen Sessions einknicken, würdest an meiner Kälte kaputtgehen.»

Cassy fuhr sich durch die Locken und stemmte die Hände in die Hüften. «So sind Sie nicht. Der Lord verhält sich nicht rücksichtslos. Das habe ich nach der Vorführung der ihrer Sklavin gesehen.»

«Aber vielleicht würde ich mich dir gegenüber so verhalten.» Herausfordernd blickte er sie an.

Es war mucksmäuschenstill im Büro. Vom Gang und aus den anderen Räumen war kein Geräusch zu hören, so als würde sich Cassandra mit Andrew in einer Art Kokon befinden, der sie vom Rest der Welt trennte.

Er wartete auf ihre Reaktion, und Cassy wusste, dass er dachte, sie würde jeden Moment die Tür aufreißen und flüchten. Aber das tat sie nicht. Sie stand einfach nur da und schwieg. Vergeblich hoffte sie, er würde in Gelächter ausbrechen und zugeben, dass er ihr nur einen Schrecken hatte einjagen wollen.

Er wirkte kühl, distanziert und sogar ein wenig abweisend, aber Cassy blieb der Glanz in seinen Augen nicht verborgen. Da war ein feuriges Schimmern, nur schwach, aber es war da. Ein lüsternes Funkeln, das ihr verriet, dass ihr Auftreten und ihre Hartnäckigkeit ihn beeindruckten.

Cassy zog ihre Cordjacke aus und warf sie achtlos auf den Boden. Sie beobachtete, wie Andrew erstaunt die Augenbrauen hob, und schob ihren Pulloverbund nach oben, um sich ihres Pullis zu entledigen.

«Stopp!» Andrew machte einen Satz nach vorne und hielt ihre Hände fest. «Was machst du?»

«Ich möchte Ihnen beweisen, dass ich es ernst meine, und mich Ihnen im Sklavengewand präsentieren», sagte sie mit fester Stimme, aber ihre Beine waren wie Pudding. «Nackt und schutzlos.»

«Ich habe dir nicht befohlen, dich auszuziehen!» Er schnaubte und gab ihre Hände frei.

Cassy setzte ihren Unschuldsblick auf. Der kam bei Männern immer gut an. «Gefalle ich Ihnen denn gar nicht?»

Eine kleine Pause entstand. Der Lord überlegte.

Dann drängte er sie zurück, bis sie mit dem Rücken an die Wand stieß, und sagte scharf: «Hatte ich dir nicht die korrekte Anrede gelehrt?»

«Doch, Sir.» War das der Beginn eines Spiels?

«Wäre das der Eifer, mit dem du meine Anweisungen umsetzen würdest, sollte ich deiner Erziehung zustimmen?»

«Nein, Sir.»

«Deine erste Bestrafung hättest du jetzt verdient.»

Ihre Wangen glühten vor Erregung. «Ich werde sie demütig hinnehmen, Sir.»

«Ich sagte ‹hätte› und nicht ‹hast›. Du hättest sie verdient, wenn ich dich erziehen würde, aber das tue ich nicht.» Er lachte abfällig. Unvermittelt stieß er seine Hand zwischen ihre Schenkel, schob seine Finger unter ihr Höschen und drang in ihr Fötzchen ein. «Du bist nicht nur unaufmerksam und penetrant, sondern auch eine geile Schlampe.»

Als Beweis zog er seine Hand hervor. Seine Finger glänzten von ihrem Mösensaft.

Da er seine Hand in Hüfthöhe hielt, musste Cassy nach unten schauen und bemerkte dabei die Ausbuchtung in seiner Hose. Tiefe Genugtuung ließ ihre Haut ekstatisch prickeln.

Sie atmete mit einem Mal schwerer. Die Lust schnitt ihr die Luft ab. Am liebsten wäre sie auf die Knie gefallen, hätte seinen Schwanz aus der Hose geholt und ihm einen geblasen, so wie in der Laube. Aber sie musste sich vorsichtig vortasten, wenn sie nicht riskieren wollte, rausgeworfen zu werden, ohne ihr Ziel erreicht zu haben.

Für einige Sekunden konzentrierte sie sich auf die Erinnerung des Gefühls seiner Hand in ihrem Fötzchen. Ein kurzes Frohlocken, zu kurz. Sie wünschte, er würde sie ein zweites Mal mit seinen Fingern erobern.

Da das unwahrscheinlich war und sie befürchtete, er würde das begonnene Spiel nicht weiterführen, griff sie sein Handgelenk. Sie hob seine Finger an ihre Lippen und führte Zeige- und Mittelfinger in ihren Mund ein.

Weiterhin schaute sie ihn an. Sie leckte ihren Mösensaft von seinen Fingern, in dem sie ihre Lippen hoch und runter gleiten ließ. Dann säuberte sie die Zwischenräume mit ihrer Zungenspitze. Das Intimaroma ihres Fötzchens lag schwer auf ihrer Zunge. Sie schluckte, seifte die Finger des Lords mit ihrem Speichel ein und reinigte sie, während sie ihn immer noch lüstern anblickte.

Sein Mund stand vor Erstaunen ein kleines Stück weit offen. Scheinbar hatte er nicht mit dieser Reaktion gerechnet. Nicht hier, in seinem Büro, wo jeden Moment ein Angestellter sie stören könnte. Nicht bei Tageslicht, in ihrer Alltagskleidung, in der sie wie Cassandra Rodson und nicht wie eine Sklavin aussah. Nicht nach allem, was er ihr an den Kopf geworfen hatte.

«Du lässt dich nicht so leicht abschrecken, nicht wahr?», wisperte er.

Langsam zog er seine Finger aus ihrem Mund, stützte seine Hände seitlich in Höhe ihrer Schultern an der Wand ab und kam ihr so nah, dass sie seinen Atem auf ihren Lippen spürte. Er roch nach Pfefferminz und Kaffee, und Cassy wünschte sich so sehr, ihn zu küssen, doch das hätte ihr Machtgefälle zerstört.

Ihr Puls raste. Sie hatte eine wohlige Gänsehaut. Sein Blick drang bis tief unter ihre Haut. Dieser Mann brachte sie um den Verstand!

Auch sie flüsterte, aber nur weil er ihr den Atem raubte. «Glauben Sie mir nun, dass ich es ernst meine, Sir?»

«Veranstaltest du das alles nur, um mich rumzukriegen?»

«Nein, Sir, ich bin nur einem Impuls gefolgt. Ich habe es getan, weil ich es tun wollte.»

«Ich habe dir geraten, mich nicht zu begehren.» Er seufzte und legte den Kopf schräg. «Weshalb hörst du nicht auf mich?»

Sie versuchte ruhiger zu atmen und antwortete kaum hörbar: «Weil ich niemals zuvor jemanden derart stark begehrt habe.»

Schwungvoll stieß er sich von der Wand ab und schritt zum Fenster. Eine Weile starrte er stumm zu den Rocky Mountains, die sich hinter der Stadt auftürmten.

Als er sich umdrehte, sah Cassy, dass die Wölbung in seiner Hose noch gewachsen war. Sein Schwanz musste schmerzhaft gegen den Reißverschluss drücken, aber der Lord ließ sich nicht von seiner Geilheit beherrschen.

Er lehnte sich gegen die Fensterbank. «Ich sehe ein, dass ich dich nicht so einfach loswerde, also werde ich es mit dir versuchen.»

Ihr Gesicht erhellte sich.

«Aber erst musst du eine Art Aufnahmeprüfung bestehen.»

Cassy fiel in sich zusammen. «Eine Prüfung?» Hatte sie nicht schon genug bewiesen, wie sehr sie die Erziehung durch ihn wollte?

«Ich bin der dunkle Lord», entgegnete er amüsiert. «Meine Ansprüche sind hoch. Ich werde deine Hingabe und Belastbarkeit testen.»

Schweigend nickte sie.

Er ging im Büro auf und ab. «Ich werde dir eine Nachricht zukommen lassen, wo und wann ich dich sehen will. Du darfst selbstständig keinen Kontakt zu mir aufnehmen. Ist das klar?»

«Ja, Sir», brachte Cassy mühsam hervor. Es war nicht die Art von Beziehung, die sie sich gewünscht hatte, aber die Hoffnung starb bekanntlich zuletzt.

«Du wirst vorher nicht wissen, was dich erwartet. Ob ich dir einen Elektrostab in die Möse schiebe, deinen Rücken blutig peitsche oder dich würge, bis du ohnmächtig wirst, liegt allein in meiner Hand. Kannst du das ertragen?» Er blieb vor ihr stehen.

«Ja», antwortete Cassy schockiert, schüttelte dann aber den Kopf. «Es wäre nicht richtig diese Frage zu bejahen, weil ich es nicht weiß. Ich kann es nur versuchen. Ich habe keine Erfahrung mit solchen Dingen. Sie sind krass, für den Anfang, meine ich.»

Der Lord legte seine Hand unter ihr Kinn und lächelte sie offen an. «Keine Sorge, ich werde nicht verantwortungslos sein. Aber der Test wird dir einiges abverlangen. Wäre er einfach zu bestehen, wäre es ja keine Hürde und würde somit auch nicht deine Bereitschaft, mir zu dienen, belegen. Das siehst du ein, oder?»

«Ja, Sir. Ich werde mich bemühen, Sie zufriedenzustellen.»

Sinnlich streifte er ihre Unterlippe mit seinem Daumen. «Du wirst ein Safeword von mir bekommen. Merk es dir gut.»

«Nicht zwei, nach dem Ampelprinzip?» Derek und sie hatten zwei Sicherheitswörter. Mit dem einen konnte sie ihm signalisieren, dass ihr alles zu schnell ging oder zu heftig war. Sprach sie es aus, machte er langsamer. Mit dem anderen konnte sie ihn komplett stoppen.

«Nein, es geht um alles oder nichts. Entweder du bestehst die Prüfung oder nicht. Mit dem Safeword ‹Scherbenhaufen› kannst du eine Session abbrechen und hast deine Chance auf eine Erziehung unter meiner Obhut verspielt.»

«Ich verstehe, Sir.»

«Du wirst dich nicht länger mit Derek treffen, auch sonst mit niemand anderem ficken. Nicht einmal zu masturbieren ist dir erlaubt.» Er ging hinter seinen Schreibtisch und setzte sich. «Dein Körper gehört mir. Deine Lust und Qual liegen von nun an in meiner Hand.»

Cassys Herzschlag setzte einmal ängstlich aus, dann fing er an zu rasen vor Vorfreude auf die Zeit, die sie mit ihm verbringen durfte. Er hatte ihr tatsächlich die Aussicht auf eine Sklavenerziehung zugestanden. Noch war nichts sicher, aber immerhin würden sie bald zu spielen anfangen. Sie würden sich regelmäßig sehen. Cassy durfte ihm weiterhin nah sein. Und sie würde durch ihn Erfahrungen machen, von denen sie nie zu träumen gewagt hatte.

Sie schlug demütig die Augen nieder und sprach feierlich: «Sie sind der Herr meiner Schmerzen, der Herr meiner Lust.»

Durch ihre Wimpern hindurch sah sie, dass er lächelte.

Im nächsten Moment setzte er wieder die kühle Maske des Dominus auf und sagte barsch: «Du wirst keinen Kontakt mehr zu mir suchen, musst aber auf Abruf für mich bereitstehen. Ich erwarte, dass du morgen einen Brief an der Rezeption abgibst, in dem deine Adresse steht und eine Kopie deines Haustürschlüssels steckt. Und jetzt geh. Du hast mir schon zu viel kostbare Zeit gestohlen.»

«Auf Wiedersehen, Sir», sagte sie und konnte nicht verhindern, dass Freude in ihrer Stimme mitschwang. Mit Schmetterlingen im Bauch hob sie ihre Jacke auf und ging.

Nachdem Cassandra das Gebäude verlassen hatte, fuhr sie schnurstracks zur nächsten Mall. Sie hatte keine Ahnung, wie sie den Angestellten hinter der Theke des Schlüsselgeschäfts überzeugen sollte, eine Kopie eines Schlüssels herzustellen, der zu einer Mietwohnung gehörte, zumal sie keine Einwilligung des Eigentümers hatte.

Aber irgendwie schaffte sie es. Ein wenig Geklimpere mit den Augen und Süßholzgeraspele. Auch half es, dass sie ihre Tittchen fast auf den Ladentisch legte. Manchmal hatte es auch etwas Gutes, wie ein Engel auszusehen.

Als Lohn für ihre Mühen bekam Cassy einen Abholzettel. Kurz vor Ladenschluss sollte sie wiederkommen und würde den Schlüssel ausnahmsweise erhalten. Sie wusste, der Angestellte machte sich strafbar – und sie auch. Für den Lord.

Am Abend holte sie den Schlüssel dann ab. Cassy hatte dem netten Verkäufer eine Packung Pralinen mitgebracht. Er machte jedoch keinen Hehl daraus, dass er lieber ihre Telefonnummer gehabt hätte.

Diese Frau ist ab sofort tabu für alle Männer, dachte Cassy und war stolz darauf, sich wie der Besitz von Andrew Callum Lord zu fühlen.

Am nächsten Morgen in aller Frühe stand sie bei Lord Enterprises auf der Matte und händigte der Empfangsdame den Brief aus. Es fiel ihr schwer, nicht nach Andrew zu fragen oder ihm sogar Schlüssel und Adresse selbst zu geben.

Wie gerne hätte sie ihn auf der Stelle wiedergesehen! Aber sie musste geduldig sein und warten. Das Warten machte sie unruhig, denn es konnte rein theoretisch Wochen dauern, bis er sich melden würde.

Die Vorlesungen an diesem Tag waren die Hölle! Sie bekam keinen einzigen Satz mit von dem, was die Professoren erklärten oder worüber ihre Mitstudenten referierten.

Sie lief ständig auf die Toilette, nur um mit dem Toilettenpapier über ihre Möse reiben zu dürfen, weil es ihr verboten war, es sich selbst zu besorgen. WC-Gänge waren in der Anweisung nicht inbegriffen, zumindest legte sie es so aus.

Und sie war geil. Ständig und überall, als wäre sie eine Nymphomanin. Zudem aß sie kaum etwas, sodass Penelope sich schon Sorgen machte. Lediglich Cassys Dauerlächeln, das sie als Zeichen von Verliebtheit deutete, beruhigte Pen.

Aber auch dieser Tag ging vorbei. Cassy sehnte sich nach einer heißen Dusche. Sie fühlte sich verkrampft, weil sie ihren Alltag aufrechterhalten musste, wo sie doch viel lieber das Leben einer Sklavin führen würde. Außerdem war es merklich kühler geworden. Der Herbst war nun endgültig in Boulder County eingezogen. Das Laub verfärbte sich und der Abendhimmel hing voller Regenwolken.

Duschen, Tee kochen und ab aufs Sofa, das war Cassys Plan.

Als sie in ihrem kleinen Apartment ankam, zog sie sich in Windeseile aus, schaltete die Heizung an, die tagsüber ausgeschaltet war, um Geld zu sparen, und sprang unter die Dusche. Sie drehte den Heißwasserregler fast vollkommen auf und genoss die Wärme. Dunst vernebelte das Bad und legte sich auf die Duschkabinenwände, die nun wie Milchglas aussahen.

Dann cremte sie sich mit Duschgel ein, das sie vorher auf einen Waschlappen geträufelt hatte. Besonders lange verweilte sie zwischen ihren Schenkeln und seifte auch ihre Brüste ordentlich ein, denn das gehörte schließlich zum Waschen dazu und sie benutzte ja nicht ihre Hände. Sie war artig und besorgte es sich nicht selbst. Ein wenig Necken durfte doch wohl erlaubt sein.

Sie nahm sogar die Brause, um sich vom Seifenschaum zu reinigen, denn sie befürchtete, wenn ihre Hand erst über ihre pochende Möse rieb, würde sie sich nicht zurückhalten können. Aber das war ein Trugschluss. Der Strahl der Brause war viel intensiver, als sie es sich gedacht hatte, und fachte ihre Geilheit an.

Als sich Cassy mit der linken Hand an der Kabinentür abstützte, ihre Hand dabei abrutschte und dabei die Feuchtigkeit verwischte, bemerkte sie einen Schatten. Ein Mann stand in der Badezimmertür und schaute in ihre Richtung.

Der Schreck fuhr ihr in die Glieder. Sie stellte hastig die Dusche ab. Vorsichtig öffnete sie die Kabinentür einen Spaltbreit und linste hinaus.

«Du machst es dir nicht gerade selbst, oder?», fragte der Lord mit zusammengekniffenen Augen. Er baute sich im Türrahmen des kleinen Bads auf.

«Nein, bestimmt nicht, ehrlich nicht, nein», stotterte Cassy. «Ich wollte mich nicht berühren, wollte nicht, dass meine Hände über Möse und Titten gleiten, weil sie es mir verboten haben. Darum nahm ich die Brause, um den Schaum abzuspülen.»

«Steig aus der Dusche und knie dich auf die Bademattte.»

Sie ahnte, dass er ihrer Ausrede nicht glaubte. Würde er sie bestrafen? Oder sogar die Prüfung abblasen?

Sie folgte seinem Befehl und sank tropfnass auf die Matte. Glücklicherweise war es mittlerweile warm im Raum. Um seinem durchdringenden Blick zu entgehen, senkte sie den Kopf. Vielleicht würde ihre Demut ihn besänftigen.

Doch anstatt sie zu rügen, sagte der Lord: «Dort bleibst du, bis ich dir eine andere Anweisung gebe. In der Zwischenzeit werde ich deine Wohnung inspizieren. Ich will schließlich alles, und ich meine alles, von meiner potentiellen Sklavin wissen.»

Er ging und schloss die Badezimmertür bis auf einen kleinen Spalt, durch den Cassy nicht sehen, aber sehr wohl hören konnte, dass er Schränke öffnete und in Schubladen kramte. Er ging in ihrem kleinen Wohnzimmer auf und ab, durchsuchte die Schränke ihrer offenen Küche, die ohne Tresen mit dem Wohnbereich verbunden war, und lief durch das angrenzende Schlafzimmer, in dem nicht viel mehr als ein Bett und ein zweitüriger Kleiderschrank Platz gefunden hatte.

Es war Cassy nicht schwergefallen, Andrew ihren Haustürschlüssel zu übergeben. Sie hatte sich gut dabei gefühlt, weil sie doch mit ihm zusammen sein wollte. Er besaß nun den Schlüssel für ihr Leben, und sie wollte viel Zeit mit ihm verbringen.

Doch jetzt, wo er sich leise in ihre Wohnung geschlichen und so plötzlich in ihrem Bad aufgetaucht war, empfand sie anders.

Andrew hatte sie erschreckt. Er war einfach in ihre Intimsphäre eingedrungen, ohne sich anzukündigen. Es ging hier nicht um eine Session, sondern um ihren Alltag. Ihr Apartment war ihr Kokon, ihre Rückzugs-möglichkeit, eine Zuflucht, die nur ihr allein gehörte.

Das gehört nun der Vergangenheit an, korrigierte sich Cassy.

Nun durchsuchte Andrew ihr privates Hab und Gut, und sie ließ es einfach geschehen. Sie hatte ihm sogar indirekt die Erlaubnis gegeben, als sie ihm den Schlüssel brachte.

Sie war verrückt, denn sie lieferte sich einem Fremden aus. Sie war beunruhigt und wäre beinahe aufgesprungen, blieb dann aber doch knien. Schließlich wollte sie ihn überzeugen, dass sie es ernst mit der Erziehung meinte. Außerdem hatte sie nichts zu verstecken.

Es gab keine Geheimnisse in ihrem Leben, nichts, was ihr peinlich werden könnte. Oder doch?

Was war mit den Liebesbriefen, die sie ihrer ersten großen Liebe geschickt und zurückbekommen hatte, nachdem er mit ihr Schluss gemacht hatte? Wäre es ihr wirklich nicht unangenehm, wenn Andrew sie las? Er könnte denken, sie würde jedem Kerl hinterherlaufen, wie sie es bei ihm tat.

Sie dachte an den verwaschenen Slip, den sie immer hatte wegwerfen wollen, aber es noch nicht getan hatte, weil sie an ihm hing. Ihr fielen die Kontoauszüge ein, die abgeheftet in einer Kladde auf dem Regal über ihrem Schreibtisch standen.

Wie würde Andrew über das Chaos in ihrem Kleiderschrank denken? Dort stapelten sich ihre Schuhe unordentlich, weil Cassy sie einfach vom Fuß weg hineinschleuderte. Es war so herrlich einfach, die Tür zu schließen, und schon sah ihre Wohnung aufgeräumt aus.

Würde er die Wollmäuse unter dem Bett entdecken und die Spinnweben an der Decke? Hielt er sie dann für schmutzig? Hielt er sie für hoffnungslos sentimental, wenn er ihren Teddy aus Kindertagen, der nur noch ein Knopfauge besaß, fand oder ihren alten Pyjama mit dem verblassten Blümchenmuster, den sie nur trug, weil ihre verstorbene Granny Idaho ihn ihr geschenkt hatte?

Stempelte er sie als geile Schlampe ab, weil sie nicht nur einen Vibrator besaß, sondern gleich zwei – einen zum Auflegen auf die Klit und einen zum Einführen –, zudem Nippelklemmen und eine Peitsche mit einer Handvoll kurzer Riemen, um sich selbst sanfte Schmerzen zuzufügen, wenn Derek keine Zeit hatte?

Welches Bild mochte er sich gerade von ihr machen? Welche Peinlichkeiten zutage fördern, die sie sogar vor ihrer besten Freundin versteckte? Cassy vergrub das Gesicht in den Händen.

Sie schrak auf, als sie Schritte auf den Fliesen hörte. Andrew war zurückgekehrt. Unsicher schaute sie zu ihm auf.

«Hast du Angst vor einem vernichtenden Urteil?», fragte er amüsiert.

«Ja, Sir.»

«Versteckst du etwas, was ich nicht finden soll?»

«Nein, Sir.»

«Wovor fürchtest du dich also?»

«Dass Sie sich lustig über mich machen», gab sie kleinlaut zu. «Jeder hat wohl etwas, was ihm peinlich ist.»

«Das werden wir ändern», Andrew begann ungeniert den Badezimmerschrank zu durchwühlen, «den hässlichen Slip habe ich schon in den Müll geworfen und auch das Schokoladeneis aus dem Gefrierschrank.»

«Finden Sie mich zu dick?», entfuhr es ihr entrüstet.

Verwundert über ihren kleinen Ausbruch schaute er sie über seine Schulter hinweg an. Er musterte sie, wie sie da vor ihm kniete. «Du hast sehr weibliche Kurven und ich glaube, du nimmst leicht zu, habe ich recht?»

Zerknirscht gab sie zu: «Ja, Sir.»

In diesem Augenblick wünschte sie sich nichts sehnlicher, als so eine drahtige Figur zu haben wie die exotische Sklavin mit der olivfarbenen Haut, die sie auf der Party in Andrews Haus gesehen hatte. Die Frau hatte eine auffällig schlanke Taille, wie Models, die sich eine Rippe herausoperieren ließen, um dünner zu sein. Bei ihr jedoch passte die Körpermitte zum restlichen Körperbau und schien natürlich zu sein.

Cassandra betastete ihre ausladenden Hüften und das Bäuchlein, das sich nur zeigte, wenn sie saß, und mehr aus Haut als aus Fett bestand.

Da trat der Lord vor sie und hob ihr Kinn mit zwei Fingern an. Sein Blick war milde, als er auf sie herabschaute.

Bevor er etwas sagen konnte, sprach sie: «Ich werde Sport treiben. Jeden Morgen vor der Uni zu joggen wird meine Figur bestimmt schnell verbessern.»

«Wag es ja nicht!» Er gab ihr eine sanfte Ohrfeige. «Du wirst nichts tun, ohne dass ich es dir ausdrücklich befehle. Ist das klar?»

Sie nickte betreten.

«Deine Rundungen gefallen mir genau so, wie sie jetzt sind. Sollte sich an ihnen etwas ändern», er korrigierte sich, «an deinem ganzen Aussehen, werde ich dich verstoßen.»

«Ja, Sir.» Hoffnung keimte in ihr auf. «Ich möchte schön für Sie sein.» Hatte sie das wirklich gesagt? Sie konnte es selbst kaum glauben, sie trug ihr Herz wirklich auf der Zunge.

«Dann nimm Haltung an! Wie kniest du denn da?», schimpfte er. «Du sitzt mit dem Hintern auf deinen Unterschenkeln, deine Schultern hängen und dein Rücken ist gekrümmt. Ich will Spannung sehen. Meine Sklavin muss immer grazil wirken.»

Eilig richtete sie den Oberkörper auf und streckte die Oberschenkel. Sie nahm die Schultern nach hinten, was ihre schweren Tittchen automatisch nach vorne schob, und wusste nicht wohin mit ihren Händen.

«Lass deine Arme nicht schlaff hängen. Ich will Spannung in allen deinen Gliedern sehen.» Der Lord ging um sie herum und blieb hinter ihr stehen. «Verschränke die Unterarme hinter deinem Rücken. Deine Hände sollen die Ellbogen umfassen.»

Cassandra versuchte es. Je mehr sie ihre Arme nach hinten streckte, desto mehr drückten sich ihre Brüste heraus. Sie bemühte sich sehr, seine Anweisung zu befolgen, aber sie kam nicht über ihre Unterarme hinaus.

«Herrje, bist du ungelenkig!» Er schnaubte. «Du wirst das so lange üben, bis du es schaffst. Meine Sklavin muss biegsam und belastbar sein.»

«Ja, Sir.» Würde sie ihm jemals genügen können? Sie konnte ja nicht einmal die einfachsten Befehle ausführen.

Der Lord stellte sich wieder vor sie und drang mit seinem blank geputzten schwarzen Ledersneaker zwischen ihre Schenkel. «Spreize die Knie, sodass ich deine Möse sehen kann. Leg deine Fußgelenke übereinander, Sklavin, deine Beine müssen ein Dreieck bilden.»

Artig tat sie, wie befohlen. Aber auch diesmal korrigierte er sie.

«Weiter!», sagte er so laut, dass sie zusammenzuckte. Plötzlich schnalzte er und schüttelte den Kopf. «Dir klebt der Mösensaft ja schon an den Oberschenkeln.»

Cassy blickte zwischen ihre weit gespreizten Beine und sah die Lustsaftfäden, die wie Spinnweben an ihren Schamlippen und Schenkeln hingen. Innerlich stöhnte sie auf. Sie hätte sich nicht durch das Duschen aufgeilen sollen. Die ersten zaghaften Erziehungsmaßnahmen des Lords hatten ein Übriges getan. Nun zerfloss sie bereits, ohne dass eine Session stattfand.

Sie empfand es gleichzeitig als unangenehm und lüstern, sich derart liederlich zu präsentieren. Der Saft, der an ihrem Unterleib hing, ihre offensichtliche Geilheit, ihre Tittchen, die unnatürlich nach vorne geschoben wurden und den Lord förmlich einluden, sie zu peitschen – das alles machte sie an, ihr eigener Körper erregte sie, aber sie hielt trotzdem ihren Blick vor Beschämtheit gesenkt.

Warum eigentlich, fragte sie sich.

Zum einen lag es daran, dass sie sich Andrew Callum Lord das erste Mal vollkommen nackt zeigte und dann auch noch auf obszöne Weise. Zum anderen trug das Machtgefälle Schuld an ihrem Schamgefühl. Es war ja nicht so, dass sie nackt im Bett lagen und kuschelten, sondern Cassy lieferte sich ihm aus. Er stand komplett angezogen vor ihr, während sie entblößt und verletzlich vor ihm kniete, bereit alles anzunehmen, was er ihr zu geben bereit war, egal ob Lust, Erniedrigung oder Schmerz.

Was war sie nur für eine Schlampe! Aber BDSM war nun mal ihre Art der Sexualität. Jedoch hatte diese durch den Lord an Intensität gewonnen.

Cassy erschauerte.

«Zieh deinen Bademantel an, du zitterst ja», meinte er und warf ihr den Frotteemantel zu. «Es ist dir gestattet, aufzustehen.»

Wie er das sagte! Großzügig, so natürlich. Als wäre er der Kaiser von China, der mit einer Selbstverständlichkeit über ein Weltreich herrschte, weil ihm die Macht in die Wiege gelegt worden war.

Cassandra erhob sich und schlüpfte in den Bademantel. Lag Andrews Dominanz in seinen Genen? Oder war seine Erziehung Auslöser seiner sexuellen Vorlieben?

Du hast aufgehört darüber nachzudenken, weshalb du auf Schmerzen und Erniedrigung stehst, ermahnte sie sich, also hör auf zu grübeln, warum der Lord so ist, wie er ist.

«Du denkst zu viel nach. Ich sehe es dir an, wie es da oben rattert.» Er tippte sanft mit dem Zeigefinger gegen ihre Stirn. «Was beschäftigt dich?»

Zuerst wollte sie nicht mit der Sprache herausrücken, aber dann fügte er hinzu: «Ich will alles von dir wissen. Wenn du meine Erziehung genießen möchtest, wirst du dich nicht nur nackt ausziehen, sondern auch einen Seelenstriptease machen müssen.»

Ausweichend antwortete sie: «Ich habe mich in Gedanken selbst gerügt, weil ich zu viel grübele. Mein Verstand muss klar bleiben.»

«Wieso?»

Cassy war verwundert über diese Frage und hob die Augenbrauen. «Weil, ja ... weil ich Ihre Anweisungen perfekt umsetzen möchte.»

«Du wirst mich nur zufriedenstellen, wenn du intuitiv reagierst.»

«Aber ...»

Er unterbrach sie, indem er eine Hand unter ihr Kinn legte und es leicht anhob. «Du möchtest die Kontrolle über dich behalten, habe ich recht?»

Sie nickte.

«Das ist aber der falsche Weg», erwiderte er und nahm seine Hand weg. «Lass dich fallen. Nur dann wirst du Erfüllung darin finden zu dienen. Eine Sklavin, die mehr denkt als ihr Herr, hat ihre Bestimmung verfehlt.»

Wie recht er hatte! Cassy lächelte ihn glücklich an.

Der Lord griff in seine Hosentasche und fischte Liebeskugeln heraus, zwei pralle weiße Kugeln, mit kleineren Kugeln im Inneren, an einer weißen Schnur. «Ich möchte, dass du deine Vaginalmuskeln trainierst, denn ich mag es eng. Spreiz deine Schenkel und stell einen Fuß auf den WC-Deckel.»

Ihre Wangen bekamen einen rosigen Schimmer. Offensichtlich wollte er die Kugeln selbst in ihr Fötzchen schieben. Erregt folgte sie seinem Befehl.

Er öffnete den Gürtel ihres Bademantels. Eine Zeitlang betrachtete er ihre rasierte Möse. Seine Augen leuchteten, aber seine Miene blieb streng.

Dann nahm er die erste Kugel, rieb sie einige Male über Cassys feuchte Falten und drückte sie in ihren Möseneingang. Problemlos glitt sie hinein. «Hab ich's mir doch gedacht. Du bist ausleiert.»

Cassy war fassungslos über seine Aussage und wollte sich gerade rechtfertigen, als er fragte: «Fickt Derek dich oft?»

Derek Smith war der Letzte, über den sie jetzt sprechen wollte, aber es blieb ihr nichts anderes übrig. «Nur am Ende einer Session. Wir spielen selten.»

«Und ab sofort gar nicht mehr», knurrte er und presste auch die zweite Kugel in ihr Fötzchen.

Cassy unterdrückte ein wohliges Seufzen. «Wie Sie befehlen.» Schmunzelnd betrachtete sie die Schnur der Liebeskugeln, die aus ihrer Möse heraushing wie ein Tamponfaden.

«Press deine Vaginalmuskeln fest darum zusammen. Sollte ich dich irgendwann mal vögeln, will ich die Kontraktionen deutlich spüren.»

«Ja, Sir», antwortete sie betrübt, denn er stellte es so dar, als wäre es keineswegs sicher, dass er sie ficken würde.

Er war für sie undurchschaubar. Auf der einen Seite tat er so, als würde sie ihn zu der Sklavenprüfung nötigen, auf der anderen Seite war er ein Mann, der sich nicht nötigen ließ. Folglich musste einfach ein Quäntchen Interesse bei ihm vorhanden sein.

Der Lord nahm ihren Oberarm und führte sie in den Wohnbereich zu ihrem Schreibtisch.

Bei jedem Schritt fürchtete Cassandra, die Kugeln zu verlieren. Rutschten sie nicht bereits heraus? Ihr Mösensaft machte die Sache nicht gerade leichter. Sie war selbst erstaunt, als er sie auf den Bürostuhl drückte und die beiden Kugeln wider Erwarten noch in ihr steckten.

«Schreib mir alle deine Passwörter auf, für Online-Banking, E-Mail-Accounts etc., deine Bankdaten, die Adressen und Rufnummern deiner Ärzte, auch die deiner Eltern und ihrer Arbeitsstellen, die Kontaktdaten deines Vermieters und vor allen Dingen deine Sozialversicherungsnummer.»

Anhand der Sozialversicherungsnummer konnte er alles, wirklich alles, über Cassy herausfinden.

Sie wurde kreidebleich. Ihr Magen drehte sich um. Sie konnte sich nicht bewegen, sondern blickte zu Andrew auf und wagte kaum zu atmen. Der Lord würde ihre privaten und beruflichen E-Mails lesen können, er würde wissen, dass ihr Kontostand sich immer um die Null bewegte und welchen Gynäkologen sie konsultierte.

Unbeirrt fuhr er fort: «Ich verlange, dass du mir Vollmachten über deine Konten ausstellst und meinen Namen bei deiner Bank hinterlegst.

Trag mich in deinen Mietvertrag als zweiten gleichberechtigten Mieter ein und schreib mir eine Vollmacht für deine Ärzte, mit der du mich berechtigst, Einsicht in deine Krankenakten zu bekommen.»

Ihr das rechtens? Selbst wenn sie solche Schreiben ausstellte, würden die Personen und Unternehmen Andrew Callum Lord wirklich alles offenlegen? Cassy konnte sich das nicht vorstellen. Aber allein der Gedanke, dass es möglich sein könnte, jagte ihr Angst ein.

«Was schaust du so pikiert? Wie ein Häufchen Elend. Ich hatte es dir doch schon erklärt. Seelenstriptease.»

«Aber das geht viel weiter.»

«Zu weit?»

Cassy suchte nach den richtigen Worten. Sie wollte Andrew nicht verscheuchen, konnte aber mit ihren Zweifeln nicht hinterm Berg halten. «Ich würde mich Ihnen ausliefern.»

Er lachte sie aus. «Geht es nicht darum? Ist das nicht dein Wunsch?»

«So war das nicht gemeint», sagte sie und schüttelte den Kopf. «Das, was Sie von mir verlangen, geht viel weiter als bloße sexuelle Hingabe. Ich würde Ihnen mein ganzes Leben zu Füßen legen und wäre Ihnen auf Gedeih und Verderb ausgeliefert. Nicht nur körperlich. Mein Privatleben, mein Berufsleben, meine Finanzen. Sie könnten mich ... zerstören.»

Schmunzelnd strich er ihr eine Haarsträhne, von der noch immer Wasser perlte, aus der Stirn. «Ja, das könnte ich.»

Nun war sie zutiefst schockiert.

«Bist du dir immer noch sicher, dass du meine Sklavin werden willst?», fragte er. «Ich habe dir von Anfang an gesagt, dass ich SM lebe. Für mich ist es nicht nur ein Spiel und es sollte, nein, es muss für meine Sklavin auch mehr sein. Ich fordere die absolute Hingabe.»

Sie schwieg verunsichert. Hingabe war okay, nur das Wörtchen «absolut» störte sie.

«Du musst dich mir vollkommen öffnen, mir jede Facette deines Lebens zeigen und mir die totale Kontrolle überlassen.»

Cassy hatte einen Kloß im Hals, der sich nicht so einfach herunterschlucken ließ. Auf der Spüle ihrer offenen Küche stand ein Kanister mit Orangensaft, aber sie wagte nicht, danach zu fragen. Sie hätte in diesem Moment ohnehin nicht aufstehen können, weil ihre Beine wie Pudding waren.

«Um nicht daran zu zerbrechen, musst du mir hundertprozentig vertrauen. Kannst du das?»

Sie hatte das Gefühl, in ein dunkles Loch zu fallen. Jede Faser ihres Körpers gierte nach ihm, aber ihre Vernunft schrie, dass es purer Leichtsinn war, sich auf diese Art von SM einzulassen. Er war ein Fremder! Er forderte ihre Unterwerfung 24 Stunden an sieben Tagen der Woche! War sie nicht vollkommen verrückt, auch nur eine Sekunde darüber nachzudenken?!

Kaum hörbar antwortete sie: «Ich kann es nur versuchen.»

«Deshalb auch die Prüfung.» Er nickte. «Ich glaube nicht, dass du es schaffen wirst ...»

Das hätte er nicht sagen sollen. Trotzig fuhr Cassy ihre Krallen aus, das passierte ganz automatisch. Sie fiel ihm aufbrausend ins Wort: «Ich werde Sie vom Gegenteil überzeugen! Vielleicht brauche ich eine Anlaufphase. Es ist ja kein Zuckerschlecken, sich mal eben in die Hände eines fremden Menschen zu begeben. Aber ich werde Ihnen beweisen, dass ich das Zeug dazu habe, eine Sklavin zu werden, die Sie stolz machen wird.»

Sie musste erst einmal tief Luft holen. Hatte sie das wirklich gesagt? Herrje, sie war starrköpfig und widerspenstig. Sie war sich ja nicht einmal wirklich sicher, ob sie sich auf Andrews Konditionen einlassen wollte und konnte, aber der Trotz dominierte sie seit Teenagertagen. Sie wurde ihn einfach nicht los, und er übernahm ab und an die Kontrolle über das, was sie sagte.

«Du bist auf jeden Fall leidenschaftlich.» Nachdenklich kraulte er sein Kinn. Dann legte er seine Hand an ihre Wange. «Vertrauen bedeutet auch, dass ich dich nicht zerstören werde. Du machst mir deine Existenz zum Geschenk, und ich werde über dich wachen.»

Cassy schöpfte Hoffnung. Vielleicht beabsichtigte er lediglich, ihr eine Heidenangst einzujagen, sodass sie das Ganze abbrach, bevor es richtig begann. Vielleicht sprach er aber auch die Wahrheit, um sie auf das vorzubereiten, was sie erwartete, wenn er ihr Herr werden würde. Er war gewiss nicht einfach zufriedenzustellen.

Zärtlich streifte sein Daumen ihre Lippen. «Nun? Worauf wartest du? Fang an zu schreiben.»

Unter seiner sanften Berührung schmolz sie dahin. Aber da war immer noch ein Widerstand in ihr, den sie nicht leugnen konnte, und sie wurde sich bewusst, dass es ihr einfacher fiel, ihren Körper als ihre Seele zu entblößen.

«Müsste ich Ihnen nicht erst Zugriff auf mein Leben geben, nachdem ich die Prüfung bestanden habe?» Erst danach würde er sie als seine Sklavin anerkennen.

Er neigte sich zu ihr hinunter und flüsterte schmunzelnd: «Hast du nie daran gedacht, dass das Offenlegen deiner privaten Situation bereits Teil dieser Prüfung sein könnte?»

Sie schwieg erstaunt.

«Nur wenn ich der legale Vormund von Cassandra Rodson bin, kann ich der Herr von Sklavin Cassy sein. So bin ich, der Lord, und du begehrst mich, also lass dich auf meine Regeln ein oder vergiss mich für immer.»

Sie fühlte einen Stich im Herzen. Wollte sie wirklich schon aufgeben? So früh? Sie hatte nicht einmal die erste Hürde genommen. Außerdem blufft er möglicherweise noch immer.

Ihre Hand zitterte, als sie einen Kugelschreiber aus der Stiftebox nahm und einen karierten Block aus der Schublade zog.

«Schreib! Ich schau mir währenddessen den Medikamentenschrank im Bad genauer an.» Daraufhin verschwand er im Badezimmer.

Das Schreiben hatte Cassandra noch nie so viel Mühe bereitet wie an diesem Abend. Sie kuschelte sich in ihren Bademantel ein und bemühte sich, eine Aufstellung ihrer Zugangsdaten niederzuschreiben.

Sie nahm sich vor, ihren Freunden und Bekannten eine Lüge aufzutischen, damit sie ihr nur noch selten E-Mails schrieben. Wenn der E-Mail-Verkehr allerdings ganz zum Erliegen kommen würde, wäre das zu auffällig.

In Zukunft würde sie wieder öfters bar anstatt mit ihrer Kreditkarte zahlen, damit Andrew nicht nachvollziehen konnte, für was sie alles Geld ausgab und es ihr womöglich verbot.

Während sie die Vollmachten formulierte, dachte sie immer wieder an Wege, wie sie Andrews Anweisungen unauffällig umgehen konnte. Sie hatte vor, ihn zu hintergehen. Das war nicht richtig. Sie fühlte sich in einem Moment wie eine Abhängige, die ihrer Sucht entkommen wollte, im nächsten Moment bekam sie ein schlechtes Gewissen.

Als er ins Wohnzimmer zurückkehrte, riss er das oberste Blatt des Schreibblocks ab und las. Er hob überrascht die Augenbrauen. «Chief Rodson vom Boulder Colorado Police Department ist dein Vater?»

«Ja, Sir.» Würde er jetzt kalte Füße bekommen?

Er sagte jedoch nur: «Interessant», und steckte den Zettel ein. «Bring die restlichen Informationen zu deiner Prüfung mit. Du schreibst langsam, als wärst du unsicher, aber immerhin schreibst du und hörst nicht auf. Ich habe noch etwas Besseres vor, als hier bei dir zu warten.»

War er mit einer anderen Sklavin verabredet?

Der Lord ging, und Cassy fühlte sich auf einmal einsam. Es war bis auf das Surren des Kühlschranks nichts zu hören. Sie war wieder allein. Und wollte es gar nicht sein. Noch immer verzehrte sie sich nach ihm, dabei hatte sie erwartet, dass ihr Verlangen aufgrund seiner Forderungen geschrumpft wäre.

«Du bist ins Straucheln gekommen, aber nicht gestürzt.» Sie seufzte, rieb sich mit beiden Handflächen über das Gesicht und stand auf.

Träge schlurfte sie ins Bad, um sich noch einmal unter den heißen Duschstrahl zu stellen und Revue passieren zu lassen, was soeben geschehen war. Kein anderer Mann außer dem Lord hätte sie dazu bringen können, ihm derart sensible Daten auszuhändigen.

Hatte sie die richtige Entscheidung getroffen?

Das würde die Zukunft zeigen.

Cassandra spürte die Liebeskugeln in ihrer Möse. Die Bleikugeln darin rotierten bei jedem Schritt, den sie machte. Es war ein geiles Gefühl. Fest presste sie die Vaginalmuskeln zusammen.

Als sie auf der Duschmatte stand und den Bademantel ausgezogen hatte, sah sie das Dilemma zwischen ihren Beinen.

Ihre Schenkel waren voller Mösensaftfäden. Sich dem Lord mehr als nur körperlich auszuliefern und die daraus resultierende Furcht, hatte sie mehr angemacht, als sie vermutet hätte. Angst konnte sehr erregend sein. Warum das so war, wusste sie nicht. Es war einfach so, und sie nahm es hin.

«Ich muss die Liebeskugeln rausnehmen und mein Fötzchen gut waschen, anders geht es nicht.» Nach der Dusche würde sie die gereinigten Kugeln wieder einführen.

Cassy zog mit sanftem Druck an dem Faden, der aus ihrem feuchten Loch hing, und eine Kugel nach der anderen glitt aus ihr heraus. Dann füllte sie das Waschbecken mit Wasser, legte die Liebeskugeln hinein und wusch sie.

Ich sehe bestimmt wie ein begossener Pudel aus. Sie ließ die Kugeln im Wasser liegen und wollte sich im Spiegel anschauen.

Da bemerkte sie die Schrift!

Der Lord hatte in den Wasserdampf, der sich auf dem Spiegel abgesetzt hatte, etwas geschrieben. Es war eine Nachricht für Cassy.

0911
22pm
Museum und Feldstudien
Oilskin, High heels

«Der Termin meiner Prüfung!» Cassy schlug die Hand auf den Mund.

Mit «0911» war bestimmt der neunte November gemeint. Nachts um zehn Uhr würde der Lord sie erwarten. Aber wo?

«Museum und Feldstudien, was soll das bedeuten?», murmelte sie. Und dann begriff sie: «Er meint die Uni!»

An der University of Colorado, wo sie Journalismus studierte, gab es den Studiengang «Museum and field studies». Der Lord würde sie vermutlich in den Studienräumen erwarten, aber dort kannte Cassy sich nicht aus.

«Ich besitze keinen Oilskinmantel», stellte sie betrübt fest, doch dann erhellte sich ihre Miene und sie fügte euphorisch hinzu, «aber ich werde mir einen kaufen.»

Ein Oilskinmantel gehört zu einem typischen Western-and-Country-Outfit, aber Cassy fühlte sie nicht wie ein Cowgirl. Sie besaß weder Indianerschmuck noch eine Wildlederjacke mit Fransen.

Eigentlich hatte sie kein Geld für solche Sonderausgaben wie den Oilskin. Ob sie nur Mantel und High Heels tragen durfte? Sie nahm es an.

Cassys Herz begann zu rasen, das Blut rauschte durch ihren Kopf. Sie legte Zeige- und Mittelfinger an ihre Halsschlagader, um ihren Puls zu messen, aber sie war zu nervös, um ihn zu finden.

*

Auch in den nächsten Tagen spürte sie ständig diese innere Unruhe. Sie konnte sich kaum auf die Vorlesungen konzentrieren und schwänzte immer mehr Veranstaltungen.

Die Liebeskugeln trug sie täglich mehrere Stunden. Am Anfang trainierte Cassy ihre Mösenmuskeln nur zu Hause, aber sie wurde rasch mutiger und führte sie nach einer halben Woche sogar ein, wenn sie in die Uni fuhr. Das Tragen machte sie an, und der anfängliche Muskelkater nach dem Entfernen erregte sie.

Cassy befand sich in einem Stadium ständiger Geilheit. Mehrere Male stand sie kurz davor, es sich selbst zu besorgen, aber sie tat es am Ende doch nicht.

Ihre Gedanken schweiften immer wieder zum Lord. Was plante er? Welche bittersüßen Qualen würden sie auf dem Campus erwarten?

Sie sagte alle Verabredungen ab, weil sie sich ganz auf ihre Prüfung konzentrieren wollte, und traf sich nur einmal mit Penelope auf einen Kaffee bei Starbucks in der Pearl Street Mall, weil es für sie Tradition hatte, von Oktober bis Weihnachten mindestens einmal pro Woche einen Pumpkin Spice Latte – einen Espresso mit Milch, Muskatnuss, Zimt und Kürbis – zu trinken, ein Getränk, vor dem Derek sich regelrecht ekelte.

Derek.

Er hatte ihre Entscheidung, sich den Prüfungen des Lords zu stellen und ihre Spielbeziehung zu beenden, schweren Herzens akzeptiert.

«Wir legen unsere Beziehung vorerst nur auf Eis», besänftigte sie ihn. «Nichts ist endgültig.»

«Ich finde, du mutest dir zu viel zu. Dir hat das Spiel Spaß gemacht, aber mit dem Lord wird es ernst.»

Er hatte recht. Mit ihm war SM ein Ausgleich zu ihrem Alltag, eine Art Hobby. Mit dem Lord dagegen wurde BDSM Teil ihres Alltags werden. Ob das gut oder schlecht war, würde sie bald wissen. Aber bei einer Sache war sie sich ganz sicher: Sie musste es ausprobieren.

«Ich habe dir alle Freiheiten geschenkt, er wird dich einschränken. Aber ich bin immer für dich da. Ich gebe heute meine Spielpartnerin auf und will nicht auch noch meine Freundin verlieren.» Er hatte ihr einen Kuss auf die Wange gedrückt und war gegangen.

Auch Penelope war wenig begeistert vom Lord, einem Mann, den sie nicht kannte, der durch seinen Reichtum und seinen Beruf zu viel Einfluss hatte, der durch seine Dominanz Cassandra manipulieren konnte, und Pen ahnte, dass Cassy Wachs in seinen Händen war, weil ihre beste Freundin schon lange nicht mehr derart von einem Mann geschwärmt hatte. Aber sie versuchte nicht, ihn Cassy auszureden, sondern beschwor sie lediglich, vorsichtig zu sein.

«Wer weiß», Pen zuckte mit den Schultern, «vielleicht ist er der Mann deines Lebens. Aber bis dahin, Darling, sei bitte auf der Hut.»

*

Als der Tag gekommen war und sie zur Uni fuhr, hatte Cassandra es immer noch nicht verdaut, dass der Lord ihr Konto bis auf ein paar wenige Dollar leergeräumt hatte. Er schickte einmal pro Woche jemanden vorbei, der ihren Kühlschrank und ihre Vorräte auffüllte. Wünsche konnte sie nicht äußern, sie musste damit zurechtkommen, was ihr Vormund ihr zugestand. Obwohl er ihr viel Obst und Gemüse bringen ließ und es ihr an nichts fehlte, waren die Rationen doch knapp bemessen, und es störte sie gewaltig, so fremdbestimmt zu sein.

Ein Computerspezialist hatte im Auftrag von Andrew ihren Laptop so eingerichtet, dass er von außen darauf zugreifen konnte und Kopien aller ein- und ausgehenden E-Mails an sein Postfach geschickt wurden. Cassy stellte daraufhin ihren Mailverkehr fast vollkommen ein und benutzte den Laptop nur noch für ihr Studium.

Langsam verlor sie immer mehr den Kontakt zur Außenwelt. In ihrer ersten Euphorie war ihr das egal gewesen, da ihre Faszination für den dunklen Lord alles andere in den Schatten stellte. Doch je realer ihr Wunsch, mit ihm zu spielen, wurde, desto mehr wuchsen ihre Zweifel.

Auf der einen Seite wünschte sie es sich, sich vollkommen in die Hände eines erfahrenen Dominus zu begeben, auf der anderen litten ihr Studium und ihre sozialen Kontakte darunter. Selbst Penelope sah sie nur noch in den Vorlesungen.

Pen bereitete ihre Hochzeit vor und Cassy ihre erste richtige SM-Session, die sie vermutlich bis an ihre Grenzen bringen würde.

Sie parkte ihren Wagen vor dem Gebäude, in dem sich das Institut befand. Ihre Hände waren feucht und ihre Beine zitterten, als sie unbeholfen auf den viel zu hohen Stilettos zum Eingang stakste. Die Kälte drang unter ihren Oilskinmantel, unter dem sie nackt war. Sie schaute sich verstohlen um, aber niemand war in der Nähe, der diesen seltsamen Auftritt zufällig hätte mitverfolgen können.

Einen ängstlichen Moment lang hoffte sie, dass die Tür verschlossen war, doch als Cassy am Griff zog, schwang sie auf. Andrew Callum Lord schien gute Verbindungen zu haben. Er imponierte ihr, und dennoch war ihre Vorfreude auf die kommenden Stunden etwas getrübt, weil er offensichtlich die vollkommene Kontrolle über ihr Leben wollte.

Damit war sie überfordert, aber sie hielt sich tapfer. So leicht gab sie nicht auf!

Der Gang war finster, das machte sie nervös, ebenso das Klacken ihrer Schuhe und das nervöse Pochen ihres Herzens, das ihren Brustkorb zu sprengen drohte. Mit jedem Schritt, den sie tiefer in die Finsternis eintauchte, wuchs ihre Unsicherheit.

Auf was hatte sie sich nur eingelassen?

Ihr Atem klang laut in der Stille, die sie umgab. War dies überhaupt der richtige Treffpunkt oder hatte sie Andrews Hinweis missverstanden? Machte er sich über sie lustig, indem er gar nicht kam?

Endlich konnte sie einen schwachen Lichtschimmer ausmachen. Sie folgte ihm. Als sie um die Ecke bog, sah sie, dass am Ende des Korridors eine Tür offenstand. Diffuses Licht erhellte den Eingang wie eine Einladung einzutreten. Es war zu schwach, um von der Deckenbeleuchtung zu stammen, Neonröhren, die so hell waren, dass die Augen schmerzten, wenn man direkt hineinblickte. Vielleicht stammte es von einer Schreibtischleuchte. Da flackerte das Licht. Kerzen! Der Lord musste Kerzen aufgestellt haben.

Cassy lächelte und ging einen Schritt schneller. Andrew war also doch gekommen und hatte sich Mühe gegeben, etwas vorzubereiten. Bedeutete das nichts? Sie mochte Kerzenschein, besaß er doch etwas Romantisches.

Dass dies ein Trugschluss war, erkannte sie, als sie im Türrahmen stand.

Überall im Raum, der sich als Labor entpuppte, standen dicke schwarze Kerzen, die eher an eine schwarze Messe erinnerten. Sie tauchten das Zimmer in ein gespenstisches Licht, sodass es wie eine Gruft wirkte. Eine Stimmung wie in einem Grab.

In der Mitte stand eine Art Seziertisch. Es handelte sich dabei um einen hüfthohen Tisch, in den eine circa 5 cm tiefe Edelstahlwanne eingelassen war. An einem Ende befand sich ein Abfluss, der durch einen orangefarbenen Schlauch mit einem Auffangbecken unterhalb des Tischs verbunden war. Ob die Studenten darauf die Dinge reinigten, die später im Museum ausgestellt wurden, oder Andrew ihn extra hatte hierher bringen lassen, wusste sie nicht. Jedenfalls jagte er ihr eine Scheißangst ein.

«Willkommen», sagte jemand hinter ihr.

Cassy schrie auf und flog herum. Beinahe wäre sie hingefallen, weil sie auf den High Heels schwankte wie eine Wackelfigur auf dem Armaturenbrett eines Rennwagens. Andrew machte keine Anstalten sie zu stützen, aber sie fing sich glücklicherweise rechtzeitig, indem sie sich an einem Arbeitstisch, der an der Tür begann und die ganze linke Seite der Wand einnahm, festhielt.

Er wirkte kühl, finster und distanziert, stellte sie bedrückt fest. Das würde sie nicht lange aushalten. Sie sehnte sich so sehr nach ein klein wenig Zuwendung von ihm, um die Kraft zu haben, seinen Wünschen zu entsprechen. Damit sie ihren Mut nicht bereits verlor, bevor die Session begann, redete sie sich gut zu, denn diese Nacht stellte eine Prüfung dar, kein Zuckerschlecken.

Der dunkle Lord würde sie nicht in ein Kinderkarussell setzen, sondern auf eine Achterbahnfahrt schicken.

Sein Schweigen wirkte bedrohlich. Er drängte sie in den Raum hinein, schloss die Tür hinter sich und verriegelte sie. Den Schlüssel steckte er demonstrativ in seine Hosentasche.

Endlich begann er zu sprechen. «Zieh dich aus und zeig mir, was du zu bieten hast.»

Sie hoffte, ihn mit ihren üppigen Reizen milder zu stimmen, öffnete den Mantel und ließ ihn zu Boden gleiten. Dann zögerte sie. Wie sollte sie sich präsentieren? Einige Dominante wollten, dass sich ihre Sklavin mit gespreizten Beinen hinstellte und die Hände über den Kopf hob. Andere bevorzugten es, wenn sich ihre Dienerin hinkniete und die Arme hinter dem Rücken verschränkte. Wenn sie schon am Anfang an den einfachsten Dingen zu scheitern drohte, wie sollte sie dann die eigentliche Prüfung überstehen?

Cassy öffnete ihren Mund, um Andrew zu fragen, in welcher Position er sie am liebsten sehen würde, doch er fuhr ihr über den Mund: «Habe ich dich aufgefordert zu sprechen?»

«Nein, Sir», antwortete sie verunsichert. Du meine Güte, war der heute schlecht gelaunt. Wenn er sich nicht mit ihr abgeben wollte, wieso war er dann gekommen?

Sie entschied sich dafür stehen zu bleiben – die Füße einen Schritt weit auseinander – und die Arme hinter dem Rücken zu verschränken, was ihren üppigen Busen anhob.

Während Andrew um sie herumschlich, wie ein Tiger um seine Beute, und sie von oben bis unten musterte, sah sie sich unauffällig im Labor um. Die Wände waren mit Tischen zugestellt, auf denen Mikroskope und andere Apparaturen standen, die Cassandra nicht kannte. Werkzeuge, Täfelchen und ein großes Sortiment an Pinseln lagen nebeneinander.

Als Andrew vor ihr stand, wagte sie einen kurzen Blick in sein Gesicht, bevor sie wieder demütig zu Boden schaute. Er sah verkniffen aus, aber sein Brustkorb hob und senkte sich aufgeregt. Auch die Wölbung in seinem Schritt war ihr nicht entgangen. Warum zeigte er seine Geilheit nicht? Wollte er sie verheimlichen? Gehörte das mit zu seinem Spiel?

Irgendetwas war los in seinem Inneren, das spürte sie. Oder war das der Lord, vor dem die Domina sie gewarnt hatte?

«Was schaust du so enttäuscht?», fragte er belustigt. «Hast du gedacht, ich nehme dich zur Begrüßung in den Arm wie eine Geliebte?»

«Nein, Sir.»

«Hast du geglaubt, ich würde dich augenblicklich mit dem Oberkörper auf den Tisch drücken und dich von hinten stoßen, weil du so unwiderstehlich bist?»

Cassy fühlte einen Stich im Herzen und schwieg. Andrew hatte ihr von Anfang an klargemacht, dass er sie nicht erziehen wollte; er war nur hergekommen, weil sie ihn bedrängt hatte.

Das hatte sie nun davon.

Aber was war mit seiner Erregung im Pavillon, die nicht nur seinen Unterleib, sondern auch seine Augen erreicht hatte, was mit der Anerkennung in seinem Blick, als sie ihn im Büro aufgesucht hatte, um ihre Beharrlichkeit zu demonstrieren? Das hatte sie sich doch nicht nur eingebildet.

«Leg dich mit dem Rücken auf den Tisch!», befahl er streng.

Cassandra ballte die Hände zu Fäusten und nahm sich felsenfest vor, den Lord so geil zu machen, dass seine harte Fassade bröckelte. Dafür musste sie Opfer bringen. Das erste war, sich auf diesen gruseligen Seziertisch zu legen. Sie hasste ihn. Als sie sich hinlegte, fühlte sie sich wie ein Schwein, das zu seiner eigenen Schlachtung gekommen war. Die Edelstahlwanne fühlte sich kalt an Cassys Rücken an. Sie bekam eine Gänsehaut, nicht nur von der Kälte.

Der Lord strich von ihren Oberschenkeln bis zu ihren Knien – eine erste halbwegs sinnliche Geste, die sie hoffen ließ – und drückte diese dann so weit auseinander, dass sie auf den Kanten des Tisches lagen und die Unterschenkel seitlich herunterhingen.

Er zog einen kleinen Beistelltisch mit Rollen heran, und Cassy wurde kreidebleich beim Anblick dessen, was auf der oberen Ablagefläche ordentlich aufgereiht lag. Es waren Nadeln und Spritzen in den unterschiedlichsten Größen, daneben auch Skalpelle und Kanülen.

Sie war schockiert. Sie hatte damit gerechnet vom Lord gefesselt und mit diversen Schlaginstrumenten bearbeitet zu werden, hatte an Nippelklemmen und Knebel gedacht, doch niemals an Cutting und Nadelspiele.

Panik erfasste sie, denn er nahm ein Seil von der unteren Ablagefläche und band es um ihren rechten Knöchel. Dann führte er es unter dem Tisch hindurch und fesselte mit dem Ende ihren linken Knöchel, sodass sie ihre Beine nicht mehr schließen konnte. Es war ihr egal, dass ihre

Möse weit aufgeklafft war und sich ihm schutzlos darbot, denn sie wollte von ihm an ihrem Fötzchen berührt werden. Auch leichte Schläge waren okay, auch Klammern und Kerzenwachs. Aber keinesfalls Nadeln und Klingen!

Sie dachte angestrengt nach. Wie lautete noch das Safeword, das er ihr gegeben hatte? Es war einige Wochen her, aber sie hatte es sich nicht wirklich gemerkt, weil sie nicht vorgehabt hatte, es auszusprechen. Jetzt war sie unsicher, ob es ihr nicht schneller über die Lippen kam als erwartet.

«Du zitterst», stellte er fest und legte seine Handfläche auf ihren Unterbauch, ganz in der Nähe ihres rasierten Venushügels.

«Die Wanne ist kalt.» Das war nur eine halbe Lüge.

Er kniff seine Augen zusammen. Natürlich durchschaute er sie. «Hast du Angst?»

Cassy überlegte kurz, ob sie verneinen sollte, um stärker zu erscheinen, als sie war, aber dann entschied sie sich dagegen, da er sowieso erkannt hatte, dass sie sich fürchtete. «Ja, Sir.»

«Warum?»

Seine Hand fühlte sich wundervoll warm auf ihrem Bauch an, die Berührung gab ihr Kraft. «Weil ich keine Erfahrung mit Nadeln und so weiter habe.»

«Irgendwann ist immer das erste Mal.»

«Aber das ist unsere erste echte Session.»

«Na, und?»

«Es ist ... krass.»

«Vertraust du mir nicht?»

Das war eine Fangfrage, dessen war sie sich bewusst. «Doch, Sir.»

«Vertrauen muss sich langsam aufbauen», wandte er ein, drängte sie damit in eine Ecke und entlarvte ihre Antwort als Lüge.

Scherbenhaufen, so lautete das Safeword, jetzt fiel es Cassandra wieder ein. Erleichtert atmete sie hörbar aus und antwortete ausweichend: «Ich bin bereit, Ihnen zu vertrauen, Sir.»

Seine Mundwinkel zuckten. «Deine Blauäugigkeit kann ganz schön in die Hose gehen.»

«Wer nichts wagt, der nichts gewinnt.» Jetzt zitterte auch ihre Stimme.

Er nahm ein zweites Seil, band damit ihre Handgelenke über ihrem Kopf zusammen und befestigte den Strick an den Tischbeinen. Nun konnte Cassy weder ihre Beine schließen, noch ihre Brüste mit den Händen bedecken oder Andrew in irgendeiner Form daran hindern, das mit ihr zu tun, was er vorhatte. Sie war ihm schutzlos ausgeliefert.

Und hätten nicht die Folterinstrumente in diesem Moment neben ihr gelegen, hätte es sie unglaublich angemacht. Doch Zweifel mischten sich unter die Lust und eine Furcht, die echt und nicht lustvoll war.

Warnungen rauschten durch ihre Gedanken; die von ihm selbst: «Meine Art BDSM zu leben ist extremer, als du es gewohnt bist. Ich bin eine Nummer zu groß für dich. Leichtsinn kann gefährlich sein!» Und die von Domina Deity: «Der Lord und die Gefahr – zwei Dinge, die untrennbar sind. Du bist wie eine Motte, die vom Licht angezogen wird. Pass auf, dass du dich nicht daran verbrennst. Ich meine es nur gut mit dir. Er nimmt seine Sklavinnen hart ran. Manche munkeln sogar, dass er es mit der einen oder anderen schon zu weit getrieben hat.»

Hatte sie einen Fehler begangen? Sich überschätzt? Den Lord unterschätzt?

Ihr Atem ging immer schneller. Sie folgte jeder seiner Bewegungen mit ihrem Blick. Ihre Augen waren weit aufgerissen. Hoffte sie noch, er würde den Beistelltisch einfach wieder wegschieben und mit der flachen Hand ihre Tittchen und ihre Muschi schlagen, so wurde diese Hoffnung bereits im nächsten Augenblick zerschlagen, denn er nahm das Skalpell und betrachtete die äußerst scharfe Klinge.

Zum ersten Mal zeigte sich ein Lächeln auf seinem Gesicht. Aber es hatte etwas Falsches, Aufgesetztes. Er senkte das chirurgische Messer langsam auf ihren Körper zu.

Bevor die Klinge sie schneiden konnte, schrie Cassy: «Nein!»

Der Lord hob missbilligend eine Augenbraue, sein Lächeln verschwand.

«Bitte, nicht», flehte sie. «Ich ... Messer sind nicht ... Ich möchte das ... Bitte, verschonen Sie mich!»

«Warum sollte ich?», fragte er blasiert und stöhnte genervt auf.

Machten wirklich alle seine Sklavinnen solche Methoden mit? «Haben Sie Mitleid mit mir. Ich bin noch unerfahren. Bitte, das finde ich nicht ... geil.»

«Was interessiert es mich, was dich anmacht.» Er legte den Kopf schräg. «Mich muss es antörnen. Du bist nur hier, um mich zu erregen. Deine Lust ist mir völlig egal. Du bist nur Mittel zum Zweck.»

Was sagte er denn da? Cassy traute ihren Ohren kaum. Das war nicht der Dominus, der die olivfarbene Sklavin mit seiner gefühlvollen, aber konsequenten Art zum Höhepunkt gebracht hatte, nicht der Mann, der sie nach der Session zum Sofa getragen und mit einem Waschlappen erfrischt hatte. «Wieso tun Sie mir das an?»

Sein Blick flackerte. Für ein oder zwei Sekunden bröckelte seine Fassade, doch dann fing er sich wieder. «Was willst du?», fragte er provozierend und fasste zwischen ihre Beine. «Das hier?»

Er rieb grob über ihre Möse. Rücksichtslos drang er in sie ein, fickte sie einige Male dem Finger und kniff dann in ihren Kitzler.

Cassy fühlte sich verletzt und trotzdem schwoll ihre Geilheit an. Zuerst versuchte sie, den Grobheiten zu entkommen, hatte aber durch die Fesselung kaum Spielraum. Dann allerdings strömte das Blut in ihr Fötzchen und mit den Schamlippen schwoll auch ihre Lust an. Sie wich Andrews Blick aus, weil sie traurig über seine Kälte war, und biss die Zähne zusammen, um nicht zu stöhnen, denn sie wollte verhindern, dass er bemerkte, wie selbst seine rücksichtslose Härte sie erregte.

Er merkte es natürlich trotzdem.

Erstaunt nahm sie wahr, wie seine Hand langsam sanfter wurde. Sie zwickte nicht mehr ganz so fest in ihre Schamlippen, bohrte nicht mehr in Cassys feuchtem Loch, sondern drang behutsamer ein und kniff ihre Klitoris nicht mehr, sondern kreiste sachte darüber.

Cassandra stöhnte nun doch. Ihr Unterleib zuckte vor Lust. Einen Moment lang schloss sie die Augen und genoss seine Berührungen mit jeder Pore ihres Körpers. Das war der Mann, den sie begehrte. Er konnte ruhig grob mit ihr sein, ihr Schmerzen zufügen und sie nehmen, wie er es wollte, aber das alles sollte von Lust motiviert sein und nicht durch – ja, was?

Sie war nicht in der Lage, sein Verhalten zu ergründen, das so anders war als bei den beiden Treffen zuvor. Machte sie gerade Bekanntschaft mit seiner düsteren Seite? Die Domina hatte ihn so dargestellt, als wäre er Dr. Jekyll und Mr. Hyde.

Die spinnt, dachte Cassy und seufzte wohlig, während Andrews Finger ihr enges Loch suchten, eindrangen und es auf bittersüße Weise dehnten. Deity musste maßlos übertrieben haben, weil sie es einem Grünschnabel wie Cassy nicht gönnte, die Gunst des Meisters der Meister zu gewinnen.

Sie öffnete ihre Augen, da er seine Hand weggenommen hatte. Ihr Blick fiel wieder auf das Skalpell, das über ihrem Bauch schwebte. «Ich werde die Schnitte für Sie ertragen, Sir.»

«Das musst du nicht.» Eindringlich sah er sie an.

Natürlich zwang er sie nicht bis zur letzten Konsequenz dazu. Er hatte ihr das Safeword nicht umsonst gegeben. Aber sie weigerte sich, es auszusprechen, und nahm sich vor, ihm zu beweisen, dass sie belastbarer war, als er annahm. Auch wenn sie dabei viel weiter gehen musste, als ihre Grenzen das eigentlich zuließen.

«Du willst es doch eigentlich gar nicht.»

«Ich halte das schon aus.» Sie fügte hinzu: «Für Sie.»

«Aber du hast keinen Spaß dabei. Eben noch war dir das zuwider.»

«Ich werde lernen, mich zurückzunehmen und ihren Wünschen gerecht zu werden.» Sie sah ihm an, dass er ihr nicht glaubte, und bezweifelte selbst, dass sie nicht ausflippen würde, sobald die Klinge sie berührte. Was war, wenn er plante, ihren ganzen Oberkörper mit Schnitten zu traktieren? Woher wollte sie wissen, dass er sie nur ein-, zwei- oder vielleicht dreimal schnitt? Mehr nicht.

Mehr nicht? Sie spürte erneut Panik in sich aufsteigen.

«Nein, erregend finde ich das überhaupt nicht», sagte sie atemlos, da die Furcht ihr die Luft abschnürte. «Cutting finde ich nicht geil und werde es auch nie erotisch finden.»

«Und trotzdem wirst du es ertragen?»

Hörte sie da Bewunderung aus seiner Stimme? «Ja, Sir.»

Cassy schalt sich eine Närrin. Du bist verrückt, sagte sie sich immer wieder. Sie hasste das Skalpell und trotzdem wollte sie die Schmerzen für einen Mann aushalten, den sie nicht einmal kannte. Er war ein Fremder, den sie nicht einschätzen konnte.

Ihre Meinung drehte sich wie ein Fähnchen im Wind.

Sie stand schon wieder kurz davor, ihn anzubetteln, sie nicht zu schneiden, als er die Klinge an ihren linken Oberarm hielt, einen Moment wartete und Cassy ansah, als würde er doch noch mit einem Rückzug rechnen. Dann ritzte er ihre Haut auf und legte das Skalpell weg.

Ein einziger Schnitt. So lang wie ein Fingernagel. Das wenige Blut, das herausquoll, gerann sofort. Es brannte ein wenig. Ein Schmerz stellte sich jedoch nicht ein.

Obwohl Cassandra wusste, dass der Schnitt nur oberflächlich und klein war, war sie bestürzt. Sie war noch nie geschnitten worden und erst recht nicht mit ihrem Einverständnis. Was tat sie hier eigentlich? Wie konnte der Lord das nur geil finden?

Ihr Blick fiel auf seinen Schritt. Seine Erektion war verschwunden. Cassy war verwirrt.

Offensichtlich hatte er nicht vor, das Cutting weiterzuführen. Wenn es ihn genauso wenig erregte wie sie, warum hatte er es dann ausgewählt? Um zu testen, wie weit sie gehen würde, damit er in ihre Erziehung einwilligte? Um sie derart zu schockieren, dass sie schreiend davonlief und ihn in Ruhe ließ?

Sie wusste nicht, was sie denken sollte.

Eine dünne kleine Kanüle tauchte in seiner Hand auf. Er drehte sie zwischen seinen Fingern und beobachtete jede Regung auf Cassys Gesicht.

«Das kann nicht Ihr Ernst sein, Sir?», kam es ihr wenig sklavenhaft über die Lippen.

«Solltest du nicht ein wenig demütiger sein?» Er hob eine Augenbraue. «Könnte deine Aufmüpfigkeit nicht Konsequenzen haben?»

«Es tut mir leid», beeilte sie sich zu sagen. Ihr Mund war trocken. Sie sehnte sich nach einem Glas Wasser. Oder noch besser, nach einem Bier. «Warum bestrafen Sie mich, Sir?»

«Bestrafen? Das ist keine Strafe, sondern eine Prüfung, um herauszufinden, wie belastbar du bist. Eigentlich solltest du mir dankbar für diese neuen Erfahrungen sein.» Er kratzte ihren Nippel mit der Spitze der Kanüle.

Cassy gab einen gequälten Laut von sich, nicht weil es wehtat, sondern weil sie sich fürchtete. «Ich möchte das nicht, Sir, bitte nicht.»

«Dann sprich das Safeword aus.»

Das war es, was er wollte, natürlich. Er wollte sie dazu zwingen zu kapitulieren, aber das würde sie nicht. Aus Trotz. Und aus Sehnsucht nach der anderen Seite in ihm. Sie wusste, dass der sinnliche, fürsorgliche Dom irgendwo in ihm schlummerte. Seine Seele war dunkel, aber er war nicht böse.

Er war abgebrüht und brauchte eine extreme Form des BDSM, bei der sie nicht mithalten konnte – da war sie wieder, ihre innere Stimme, die sie vor ihrer eigenen Torheit warnte. Wenn er wirklich auf Nadelspiele stand, würden sie niemals auf einen gemeinsamen Nenner kommen. Aber vielleicht testete er ja gerade nur ihre mentale Belastbarkeit und würde die Kanüle jeden Moment weglegen.

Cassandra hatte diesen Wunsch kaum zu Ende gedacht, als der Lord die Haut ihres rechten Tittchens zusammendrückte und die Kanüle hindurchstieß.

Vor Schreck spürte Cassy nicht einmal den Schmerz. Sie starrte nur auf die dünne Nadel, die in ihr steckte, und konnte es nicht glauben. Sie war schockiert und gleichzeitig fasziniert. Dass sie das aushalten konnte, wunderte sie, dass sie nicht kreischte ebenfalls.

Es war gar nicht so schlimm, wie sie es sich vorgestellt hatte, auch wenn sie diese Erfahrung nicht wiederholen wollte. Aber Andrew hatte lediglich ihre Haut durchstochen. Nicht mehr und nicht weniger. Nicht ins Gewebe, nicht in den Nippel, nicht in den Warzenhof.

Das Desinfektionsmittel, mit dem er den Schnitt abtupfte, brannte stärker als die durchstochene Haut.

Stöhnend legte Cassy ihren Kopf auf den Wannenrand und wusste nicht, was sie von all dem halten sollte.

Als Andrew die Kanüle entfernte, gab sie ein leises «Autsch» von sich und biss dann die Zähne zusammen, weil er die Einstichlöcher ebenfalls desinfizierte. Er hatte sich nicht lange mit der Nadel aufgehalten, hatte nicht den Anblick genossen oder daran herumgespielt, um den Schmerz zu verstärken. Hätte das nicht ein Dominus getan, der Freude an solcherlei Praktiken hatte?

«Hast du Erfahrung mit Reizstrom?», fragte er wie beiläufig, während er ihre Brustwarze zwirbelte.

Das konnte interessant werden. «Nein, Sir.» Sie hatte immer schon ausprobieren wollen, ob es tatsächlich so erregend war, wenn Strom die Genitalien berührte, aber Derek hatte sich das nicht zugetraut, weil er keine Ahnung davon hatte. Das verstand sie. Es war einfach zu gefährlich damit herumzuexperimentieren. Aber der dunkle Lord war versiert.

«Wie ich sehe, gefällt dir der Gedanke.» Seine Stimme hatte etwas Diabolisches.

«Es kommt natürlich auf die Stärke an.»

Er nickte und seine Augen funkelten lüstern. «Es kommt immer auf die Dosis an.»

Seine Lust erwachte wieder, das war offensichtlich. Das gefiel Cassy. Sie wollte den Zustand der Geilheit mit ihm teilen, nur machte er es ihnen beiden in dieser Nacht schwer, als würde ein Schatten auf seinem Herzen liegen. Oder er kein echtes Interesse an ihr haben.

Sie beobachtete, wie er eine Schublade öffnete, etwas herausnahm und zu ihr zurückkehrte. Er hielt das Spekulum in einer Hand und führte zwei Finger in Cassandras Möse ein. Er spreizte seine Finger, fickte Cassy einige Male, als wolle er ihre Beschaffenheit prüfen, und entfernte sich dann aus ihr.

Vorsichtig führte er das Spekulum in ihr Fötzchen ein. Es war ein großes, das ihre Muschi stark dehnte, nachdem er es losgelassen hatte. Und Cassy fragte sich, was das mit Reizstrom zu tun hatte.

Andrew zog einen zweiten Beistelltisch herbei, auf dem eine Apparatur stand, und nahm eine Sonde in die Hand, die mit dem Gerät durch ein Kabel verbunden war. «Du guckst so skeptisch. Verlässt dich schon wieder der Mut?»

«Ich dachte nur an Elektroden und so», antwortete sie verärgert, weil er belustigt schmunzelte. Ja, sie war ein Greenhorn, aber jeder fing mal bei null an, und er schien ihr absichtlich nicht alles zu erklären, damit der Gruselfaktor höher war.

«Oh, an angenehm leicht prickelnden Reizstrom, der sanft durch die richtigen Stellen hindurchfließt», sagte er spöttisch. «Das finden Anfänger geil, aber ich bin ein Profi.»

Ich nicht, schrie es in ihr, doch sie presste ihre Lippen zusammen, um ihre Verärgerung zu unterdrücken. Im Gegensatz zum Cutting und den Nadelspielen wollte sie diese Erfahrung machen. Außerdem war sie schon so weit gekommen. Sie betete nur, dass er nicht zu brutal war. Er hatte das angedeutet, und der Regler des Reizstromgeräts war bis zur

Hälfte aufgedreht. Aber er war bis jetzt nicht maßlos gewesen, sondern hatte die Techniken eher angedeutet als krass durchgezogen.

Hoffnung und Furcht wechselten sich innerhalb von Sekunden ab.

Sie schwitzte, obwohl es kühl im Labor war. Es war nicht gut zu schwitzen. Nässe leitet Strom. Aber sie konnte es nicht verhindern, ebenso wie sie ihren Mösensaft nicht stoppen konnte, der nun vermehrt floss.

Er stellte das Gerät an und schob es hinter sich.

Hatte er gerade den Regler verstellt? Cassandra wusste nicht, ob sie richtig gesehen hatte, denn er hatte den Apparat mit seinem Körper verdeckt. Die Bestätigung erhielt sie prompt, denn er hielt die Sonde an ihren Nippel. Strom floss in sie hinein. Cassy zuckte zusammen und gab einen lautlosen Schrei von sich, war dann jedoch überrascht von dem angenehmen Kribbeln. Der Schmerz war kurz und mild gewesen.

Der Lord schockte auch ihre andere Brustwarze, schob die Sonde kurz in ihre Achselhöhlen und tippte ihren Venushügel an.

Instinktiv versuchte Cassy dem Schmerz zu entkommen, dabei sehnte sie ihn insgeheim herbei. Sie konnte einfach nicht stillhalten, aber die Fesselung ließ ihr nur wenig Bewegungsfreiheit. Nach den sachten Elektroschocks blieb jedes Mal ein erregendes Prickeln zurück, das süchtig machte.

Sie wollte, dass Andrew aufhörte, wollte, dass er weitermachte, und spürte nun wieder das Begehren. Das war der Dominus, der die olivfarbene Sklavin vorgeführt hatte. Hart und sanft zugleich, konsequent und dennoch maßvoll. Sie stöhnte, wand sich unter der lustvollen Qual, die ihre Geilheit anstachelte.

Nur dass der Lord immer tiefer ging, bereitete ihr Sorgen.

Sie hob den Kopf, soweit wie möglich, und folgte der Sonde, die ihren Schamhügel erneut traktierte. Er würde doch nicht ihre Möse foltern? Ihre Oberschenkel zuckten, weil sie automatisch ihre Beine schließen wollte, aber sie waren immer noch gefesselt. Ihr Fötzchen war ihm schutzlos ausgeliefert.

Als die Sonde ihre Schamlippe streifte, schrie Cassandra auf. Sie zeterte, flehte ihn an, ihre Klitoris außen vor zu lassen, doch Andrew schenkte ihren Worten keine Aufmerksamkeit, sondern schockte auch ihre andere Schamlippe. Wieder gab sie einen Schrei von sich.

Wie weit wollte er noch gehen? Befürchtete er nicht, dass jemand, der am Gebäude vorbeiging, sie hören könnte?

Himmel, war sie geil! Vergessen war seine Schroffheit, das Skalpell und die Nadel. Cassy stellte sich vor, wie das Spekulum aus ihr herausglitt, weil sie patschnass war. Aber das würde nicht passieren, denn es war groß und breit und dehnte ihre Scheidenwände. Dieser Kerl war ein Teufel! Sie liebte ihn. Derek hätte sie längst gefragt, ob alles mit ihr in Ordnung war. Nicht so Andrew Callum Lord. Er spürte, wie weit er bei ihr gehen konnte. Worte waren nicht notwendig.

Plötzlich hielt er die Elektrosonde an das Spekulum. Der Reizstrom quälte nicht nur ihren gedehnten Eingang, sondern wurde tief in ihre Möse weitergeleitet. Ihre Muskulatur zog sich schmerzhaft zusammen. Cassys Erregung schoss in die Höhe. Ihr ganzer Körper spannte sich an. Auf diese Art war sie noch nie gevögelt worden. Der Schmerz war in ihrem Inneren, eine wundervolle Erfahrung. Das Gefühl war aufreibend, unglaublich geil, exorbitant.

Cassy riss an ihren Fesseln, biss die Zähne zusammen – und kam.

Der Höhepunkt kam völlig unerwartet für sie. So schnell. Die Geilheit brach über ihr zusammen wie eine gigantische Welle. Sekundenlang bekam sie keine Luft, atmete dann gierig ein und zuckte wie ein Fisch auf dem Trockenen.

Noch berauscht beichtete sie: «Das war der erste vaginale Orgasmus für mich.»

«Es hätte nicht durch mich passieren dürfen.» Er stellte das Reizstromgerät ab, legte die Sonde weg und entfernte das Spekulum aus ihr. Zärtlich strich er mit den Fingerknöcheln über ihr Fötzchen, das heiß, geschwollen und feucht war.

Was redete er denn da? Hatte er nicht vorgehabt, sie zum Höhepunkt zu bringen? «Oh, doch, das hat etwas zu bedeuten. Uns verbindet etwas Besonderes.»

Er schnaubte und löste ihre Fesseln. «Ich bin unerreichbar für dich, Cassy.»

Warum dann die Prüfung? Was hatte sie falsch gemacht? «War ich nicht gut?»

«Du warst ...»

Unglaublich? Hatte er «unglaublich» sagen wollen? Cassy hing wie gebannt an seinen Lippen.

Er half ihr aufzustehen und reichte ihr ihren Oilskinmantel. «Zieh dich an.»

«Schicken Sie mich jetzt weg, Sir? Habe ich versagt?» Sie nahm den Mantel und presste ihn an sich.

Er schüttelte den Kopf und wirkte beinahe traurig. «Draußen wartet mein Chauffeur. Er bringt uns zur nächsten Station deiner Prüfung.»

Erleichtert stieß sie die Luft aus. Sie bemerkte, dass ihr Mösensaft aus ihr heraus- und ihre Schenkel hinablief, und schaute sich nach einem Handtuch um. Ihr Blick fiel auf einen Papiertuchspender.

Als sie ihre Hand danach ausstrecken wollte, griff Andrew blitzschnell ihr Handgelenk. «Nicht abwischen», sagte er und seine Stimme vibrierte leise vor Lust.

Wie immer reagierte ihr Körper auf seine Berührung. Ihr Puls stieg, ihr Brustkorb wogte auf und ab und sie spürte intensiv seine warme Haut. Eine Sklavin hatte kein Recht darauf, sich nach Zärtlichkeiten zu sehnen, hatten einige Meister im Internet gesagt, denn eine Sklavin besaß gar keine Rechte. Bisher hatte auch Cassandra im Zusammenhang mit SM nur an Demütigung und Schmerz gedacht.

Doch nun sehnte sie sich danach, von Andrew in seine Arme gezogen zu werden. Nur für ein paar Sekunden. Um neue Kraft zu schöpfen für das, was sie noch würde erdulden müssen, damit er in ihre Erziehung einwilligte.

Er ließ sie los, damit sie sich anziehen konnte. Danach führte er sie – seine rechte Hand umschloss hart ihren Oberarm und seine linke hielt eine der schwarzen Kerzen – durch die dunklen Gänge zu einem Hinterausgang, vor dem eine schwarze Limousine parkte. Der Fahrer startete sofort den Wagen, Andrew stellte die Kerze auf den Boden, hielt ihr die Tür auf und Cassy stieg hinten ein. Er setzte sich neben sie und schaute gedankenversunken aus dem Fenster.

Woran dachte er? Was belastete ihn?

Cassandra war froh, überhaupt Zeit mit ihm verbringen zu dürfen. Sie war ihm nah. Jedoch nicht nah genug. Sie hätte zufrieden sein sollen mit dem, was er ihr zugestand, wo er doch ständig wiederholte, dass er eigentlich nicht mit ihr zusammen sein wollte. Aber das genügte ihr nicht. Sie wollte mehr. Mehr als er bereit war, ihr zu geben.

Diese Nacht entwickelte sich zu einem Albtraum. Eben noch hatte er ihr einen Orgasmus geschenkt, nun verhielt er sich wieder abweisend. Feuer und Eis. Wie lange würde sie dieses grausame Spiel von Nähe und Distanz ertragen?

Und vor allen Dingen, welche Steigerung gab es zu Cutting und dem Gebrauch von Nadeln?

Sie war sehr überrascht, als der Chauffeur die Limousine vor dem Schwimmbad der Universität abstellte. Nach Andrew stieg auch sie aus und folgte ihm wortlos ins Innere. Sie ging mit ihm durch den Eingangsbereich in die Umkleidekabinen und von dort aus in die Schwimmhalle. Es roch intensiv nach Chlor, als wäre der Duft stärker, da sie alleine hier waren. Der Beckenrand war mit brennenden schwarzen Kerzen gesäumt, das Oberlicht brannte nicht, somit war es sehr schummrig. Schatten tanzten an den gekachelten Wänden.

Die Atmosphäre war so gespenstisch, dass Cassy den Seilzug erst wahrnahm, als sie direkt vor ihm stand. Ein starker Strick war an einem Warnschild, das an der Decke hing, befestigt. Ein Ende baumelte über dem Wasser, das andere war an der Wand an einer Halterung für Schwimmbretter verknotet. Auf der Bank davor lagen Handschellen.

Cassandra wurde Angst und Bange.

Wer hatte das alles vorbereitet? Wenn es Andrew selbst gewesen war, musste er doch Interesse an ihr haben. Dass er sich lustig über sie machte und aus reiner Grausamkeit durch die Hölle schickte, glaubte sie nicht. Dann hätte er mehr Spaß an ihrer Furcht. Aber er sah unglücklich aus.

Empfand er sie als langweilig? Wollte er das hier einfach nur durchziehen, um endlich gehen zu können? Vielleicht sollte sie an diesem Punkt die Reißleine ziehen und das Safeword aussprechen. Sie konnte ihn nicht zwingen, sich gerne mit ihr zu beschäftigen. Aber sie wollte nicht gehen. Eben noch war er doch geil gewesen, als sie durch den Reizstrom gekommen war. Bei den Nadeln und dem chirurgischen Messer nicht, genauso wie sie. Sie sah die Gemeinsamkeiten. Wieso er nicht?

Cassy wusste nicht, was in ihm vor sich ging. Sie wusste gar nichts mehr.

Er streckte die Hand aus. «Deinen Mantel.»

Stumm reichte sie ihm den Oilskin.

«Ich werde deine Hände hinter deinem Rücken fesseln und dich an den Füßen aufhängen, sodass dein Kopf unter Wasser sein wird», schürte er ihre Furcht, indem er ihr erklärte, was er mit ihr vorhatte. Er legte den Mantel auf die Bank und nahm die Handschellen. «Bist du sicher, dass du weiter als bis hierhin gehen willst?»

Er klang sanft, mitfühlend, als wüsste er, dass diese Aufgabe sie nicht nur an ihre Grenzen, sondern weit darüber hinaus bringen würde. Wahrscheinlich spürte er auch ihre Abneigung.

In Gedanken spielte sie die Szene durch. Nicht nur, dass ihr das Blut in den Kopf steigen würde, sie würde auch keine Luft bekommen. Eine fiese Art der Atemkontrolle. Aber jemand wie der dunkle Lord mochte es erregend finden, wenn seine Sklavin sich extrem quälte. Er hatte schon zu vieles gesehen und erlebt, als dass ein einfaches kurzes Würgen mit der Hand ihn noch anmachte.

Aber was war mit ihr? Sie hatte bisher keinerlei Erfahrungen mit Atemkontrolle. War es nicht verrückt, in kaltes Wasser zu springen, ohne jemals zu schwimmen versucht zu haben?

Unsicher nickte sie. «Ich will es versuchen, Sir.»

«Überleg es dir gut, Cassy», sagte er eindringlich. «Du musst niemandem etwas beweisen.»

«Tests sind nie einfach.» Sie schlang die Arme um ihren Körper, als wäre ihr kalt, dabei war es schwülwarm in der Halle.

«Eventuell werde ich dich so lange prüfen, bis du aufgibst.» Er stellte sich nah vor sie. «Hast du daran schon einmal gedacht?»

Sie schlotterte. «Das wäre unfair.»

«Wer sagt, dass das Leben fair ist? Einen Scheißdreck ist es.»

Sprach er noch von den Tests? Oder vom Leben an sich? Er hatte doch alles: Reichtum, Einfluss, Ansehen, sowohl beruflich als auch in der SM-Szene. Da fiel ihr ein, dass sie absolut nichts über den Privatmann Andrew Callum Lord wusste.

«Sie möchten mich nur mürbe machen, Sir», wagte sie aufzubegehren.

Er strich mit den Handschellen über ihr Dekolleté. «Keine Aussicht auf Erlösung – wie lange wirst du das durchhalten?»

Cassy hatte gehofft, dass dies die letzte Prüfung war, doch ihre Hoffnungen zerstreuten sich gerade. Wie viel mehr würde sie noch ertragen können?

«Du willst das doch gar nicht», säuselte er verführerisch. «Du hast es gehasst, als ich deine Haut geschnitten und durchstochen habe, und du hasst die Aussicht, kopfüber im Wasser zu hängen.»

Sie wich seinem Blick aus, um zu verhindern, dass er sah, wie verunsichert sie war. «Das stimmt, aber ich werde den Test überstehen.»

«Wofür?» Mit den Handschellen rieb er gegen ihre Nippel.

«Um mein Ziel zu erreichen.»

Er fasste ihr Kinn und zwang sie, ihn anzusehen. «Trotz wird dich möglicherweise bis zum Ende bringen, aber du wirst daran zerbrechen. Ist es das wert?»

Vermutlich nicht, aber sie erwiderte aufmüpfig: «Sie sind es wert.» Sie sah ihm flehentlich in die Augen. Diese Verunsicherung war Teil des Plans. Vielleicht ließ er es dabei bewenden und verkündete ihr gleich, dass sie die Prüfung bestanden hatte.

«Oh, Cassy.» Einen Moment lang hatte es den Anschein, als wollte er sie küssen, doch er tat es nicht. «Du hast deinen Kopf in den Wolken.»

Er fesselte ihre Arme hinter dem Rücken und drückte dabei seinen Oberkörper an ihren. Tief atmete sie seinen Duft ein. Sie streifte seinen Hals mit ihrer Nasenspitze und senkte den Blick, um so zu tun, als wäre die Berührung rein zufällig passiert. Doch sie wusste es besser. Und er auch. Die Beule zwischen seinen Beinen schwoll an.

«Lustvoll erniedrigt zu werden und sich selbst herabzuwürdigen sind zwei völlig verschiedene Dinge.» Er zog das Seilende heran, das über der Wasseroberfläche hing.

«Wenn mein Wunsch so aussichtslos ist, weshalb ist er dann so intensiv, dass er mich innerlich fast verbrennt?», wisperte sie.

Er legte seine Hand an ihre Wange. «Manchmal werden Wünsche nicht wahr.»

«Und manchmal muss man an ihnen arbeiten.» Man bekommt nichts geschenkt im Leben. Sie stieg aus ihren Stilettos und stellte ihre Füße aneinander, um ihm zu signalisieren, dass sie bereit war.

Während er ihre Fußgelenke fesselte, dachte sie daran, dass sich die

Prüfung langsam zu einem emotionalen Kampf entwickelte. Es ging längst nicht mehr nur um Sex, sondern darum, wer den stärkeren Willen besaß.

Cassy musste sich auf den Beckenrand legen. Der Lord zog langsam an dem Seil und somit ihre Füße nach oben, bis sie kopfüber über dem Wasser hing. Panik stieg in ihr auf. Er wartete, entweder um ihr Zeit zu geben, sich an die Position zu gewöhnen, sich innerlich auf das, was unweigerlich folgen würde, vorzubereiten, oder um in letzter Sekunde das Safeword auszusprechen.

Vorsichtig ließ er sie so weit herab, dass ihr Kopf untertauchte. Langsam stieg das Wasser immer höher, lief ihr in Ohren und Nase. Stopp, nicht weiter, schrie es in Cassandra. Sie presste ihre Lippen zusammen und zählte innerlich von eins bis zehn. Ihr Kinn wurde umspült, dann ihr Hals. Ein Ruck ging durch das Seil und sie ahnte, dass er es festgezurrt hatte.

Sie spannte ihre Bauchmuskulatur an und hob ihr Gesicht über die Oberfläche. Erleichtert atmete sie ein. Andrew hatte sie nur so weit heruntergelassen, dass sie jederzeit Luft holen konnte. Er war also doch kein Barbar.

Doch je öfter sie sich krümmte, um zu atmen, desto anstrengender wurde es. Es dauerte nicht lange und ihr Bauch begann zu schmerzen. Sie drohte jedes Mal einen Krampf zu bekommen. Die Zeit, die sie zum Einatmen hatte, wurde immer kürzer. Ihr Nacken tat ebenfalls weh, ganz zu schweigen von ihren Fußgelenken, die sich anfühlten, als würden sie jeden Moment abreißen.

Das Blut rauschte in ihrem Schädel und sie befürchtete, er könne platzen. Nur der Gedanke daran, dass ihr Anblick den Lord geil machte, half ihr durchzuhalten. Nur noch ein paar Sekunden mehr, dann würde er sie bestimmt befreien.

Damit die Panik nicht die Oberhand gewann, schloss sie unter Wasser die Augen. Sie stellte sich vor, was der Lord sah: eine nackte Sklavin, die kopfüber hing und mit Atemnot kämpfte. Und das alles nur für ihn. Machte sie ihn stolz? Wichste er?

Cassandra riss sich zusammen, verdrängte die Krampfanfälle in ihrem Bauch und hob ihren Kopf über die Oberfläche. Wasser lief über ihr Gesicht. Ihr Blick suchte den dunklen Lord. Er stand an die Wand gelehnt. Da war ein roter Fleck vor ihm. Was war das? Cassy blinzelte einige Male. Sie machte lange schlanke Beine aus, die in einem roten Anzug steckten. Doch der Oberkörper fehlte. Dennoch, es musste sich um eine Frau handeln.

Ihr ging die Puste aus. Sie entspannte ihre Bauchmuskeln und gab unter Wasser einen gequälten Laut von sich, weil diese Position an sich schon unerträglich war. Die Atemnot machte sie allerdings zur Tortur. Aber das Bild, was sie glaubte, gesehen zu haben, war der reinste Horror.

Sie spannte ihre Muskeln wieder an und schaffte es trotzdem kaum noch, ihr Gesicht über die Oberfläche zu hieven. Das herunterrinnende Wasser trübte ihre Sicht. Da war er wieder, der Lord, und diese Frau. Sie hatte den Oberkörper nach vorne gebeugt.

Oh mein Gott, saugte sie an Andrews Schwanz?

Vor Schreck vergaß Cassy zu atmen, während sie oben war. Nun hing sie wieder gerade und die Luft wurde noch knapper. Sie zappelte verzweifelt. Ihre Lungen schmerzten, ihre Mitte noch mehr und ihre Fußgelenke brannten wie Feuer.

Wie konnte Andrew ihr das antun? Er folterte sie und vergnügte sich mit einer anderen Sklavin. Aber ja, wieso auch nicht? Ein Herr durfte ficken, wen er wollte. Eine Sklavin hatte jedes Recht über ihren Körper an ihn abgetreten und stand nur ihm zur Verfügung. Eine Ungerechtigkeit, von der die Sklavin vor Eintritt in diese Beziehung wusste und die sie in Kauf nahm. Aber würde Cassy das können?

Sie hatte bisher nur mit Derek gespielt, und sie waren sich treu geblieben, obwohl sie nicht einmal ein Paar waren. Schizophren. Von einem Dominus konnte sie keine Treue erwarten, erst recht nicht von einem Mann wie dem dunklen Lord, der an jedem Finger zehn Liebesdienerinnen haben konnte – oder sogar hatte. Was wusste Cassy schon? Sie hatte ihn nicht gefragt, wie eine Erziehung durch ihn aussehen würde. Das hatte sie nun davon.

Plötzlich wurde sie heruntergelassen. Der Lord zog sie ans Ufer und wischte ihr das Wasser aus dem Gesicht. Cassandra sog gierig Luft in ihre Lungen und kam ins Husten, worauf er sie auf die Seite drehte und behutsam ihren Rücken abklopfte. Er ließ sich auf ein Knie nieder und öffnete die Handschellen und Fußfesseln.

Offensichtlich hatte er nicht vor, sie ein zweites Mal durch die Hölle zu schicken. Sollte sie sich darüber freuen oder war damit alles verloren?

«Alles in Ordnung?», fragte er besorgt und ließ seine Hand in ihrem Becken liegen.

Cassy antwortete im ersten Moment nicht, sondern riss die Augen auf und suchte das Schwimmbad nach einer zweiten Sklavin ab. Aber da war niemand. Sie waren immer noch alleine. Hatte sie eine Halluzination gehabt? Verwirrt setzte sie sich auf, zog die Beine an und schlang die Arme um die Knie. «Ja, Sir.»

«Sir? Dann hast du immer noch nicht genug?»

Von dieser blöden Prüfung allemal, aber nicht von ihm. Sie würde ihn keiner anderen Lustdienerin überlassen! Wenn sie jetzt einen Rückzieher machte, würde er mit dieser anderen Tussi von dannen ziehen – insofern die andere überhaupt existierte und nicht nur ein Trugbild gewesen war. Das würde sie innerlich zerreißen. «Nein, Sir.»

«Du bist unverbesserlich.» Kopfschüttelnd stand er auf.

«Belastbar, das war doch Ihr Wunsch.»

«Du verkennst mich», sagte er trocken und half ihr aufzustehen. Er klatschte dreimal in die Hände.

Cassy blieb wie angewurzelt stehen, als sie Domina Deity um die Ecke biegen sah. Sie wollte zu ihrem Mantel stürzen und ihn anziehen, aber damit hätte sie sich lächerlich gemacht, daher blieb sie einfach nur stocksteif stehen. Was wollte die hier?

War sie die Frau, die sie eben meinte gesehen zu haben? Tatsächlich trug sie einen roten Ganzkörperlatexanzug, der auch ihr Gesicht bedeckte und nur Augen, Mund und Nase frei ließ. Aber sie war eine Domina, keine Sklavin. Sie befriedigte niemanden oral, sondern ließ sich befriedigen.

Deity reichte dem Lord ein eierschalenfarbenes Badetuch. Er nahm es, rubbelte Cassy damit ab und legte es ihr dann um die Schultern.

Cassandra ließ alles teilnahmslos über sich ergehen. Wenigstens bedeckte das Handtuch ein wenig ihre Blöße. Sie hatte sich während der ganzen Nacht noch nie so nackt und unwohl gefühlt. Dem Lord gegenüber zeigte sie sich gerne entblößt, es fühlte sich richtig an. Aber nicht bei Deity, bei der Domina war es falsch. Sie hätte nicht hier sein dürfen.

Was hatte Andrew vor?

Er nickte in Richtung der Herrin und wandte sich an Cassy: «Du wirst mit ihr gehen.»

«Wie bitte?» Sie konnte kaum glauben, was sie da hörte.

«Du wirst mit ihr gehen und alles tun, was sie von dir verlangt», sagte er ungehalten, weil sie ihn unterbrochen hatte.

Ihre Augen wurden feucht. Sie konnte das fiese Grinsen der Domina erkennen, obwohl ihr Gesicht fast vollkommen verhüllt war. «Das will ich nicht.»

«Dann sag das Safeword.»

«Das will ich auch nicht.»

Es lag eine Schärfe in Andrews Stimme, die Cassy eiskalte Schauer über den Rücken jagte. «Eine Sklavin hat nichts zu wollen. Sie hat zu gehorchen. Bedingungslos!»

«Ich möchte bei Ihnen bleiben, Sir, bitte», flehte sie. Was hatte das alles für einen Sinn, wenn sie nicht bei ihm sein durfte?

«Glaubst du, ich habe Lust, mich mit einer rotzfrechen Göre herumzuärgern? Du kannst ja nicht einmal die einfachsten Befehle ausführen.» Er hob seine Hand, als wolle er sie mit dem Handrücken ohrfeigen, nahm seinen Arm jedoch wieder herunter.

«Warum schicken Sie mich weg?», wollte sie heiser wissen.

Er legte seinen Kopf schräg. «Weil ich es sage, so einfach ist das. Ich muss meine Anweisungen nicht begründen. Wenn ich dich an jemanden ausleihen will, dann mache ich das, und du hast demjenigen zu Willen zu sein, weil ich es bestimme. Hast du das verstanden?»

Cassy fiel auf, dass er nicht von Lust gesprochen hatte. Sollte es einen Herrn nicht geil machen, wenn er seine Sklavin verlieh? Oder zeigte das nicht eigentlich sein Desinteresse?

Sie presste die Hände an ihre Schläfen, denn das Blut rauschte durch ihren Schädel und pochte immer schmerzhafter. Ihre Hoffnungen schmolzen dahin. Sie konnte kaum noch klar denken.

«So habe ich mir das nicht vorgestellt», gab sie zu und hatte das Gefühl, noch mit dem Kopf unter Wasser zu sein. Sie bekam kaum Luft, ihr Brustkorb war wie zugeschnürt.

«Das spielt keine Rolle. Wenn du durch mich erzogen werden möchtest, musst du dich auf meine Bedingungen einlassen.»

Cassy vermied es, Deity anzusehen, die wie eine Marionette dastand und auf ihren Einsatz wartete. Verzweifelt kämpfte sie gegen ihre Tränen an. «Ich möchte einem Herrn dienen, der gerne mit mir zusammen ist, einem Meister, den es erregt, mich zu demütigen und mir Schmerzen zuzufügen, der mich zwischendurch streichelt, um mir Kraft zu schenken, und der mich für sich haben will, ganz alleine für sich.»

Milde und ein wenig spöttisch sagte Andrew: «Du stellst viele Forderungen für eine Sklavin. Vielleicht solltest du beim nächsten Mal vorher aufschreiben, wie dein Lehrer zu sein hat, damit er sich nach dir richten kann.»

Seine Worte trafen sie. Möglicherweise hatte er sogar recht und ihre Vorstellungen waren zu konkret, als dass sie jemals den passenden Dominus finden konnte. Sie ließ ihren Tränen freien Lauf. «Nein, ich glaube fest daran, dass Zuneigung und SM sich keineswegs ausschließen, ja, eventuell sogar Liebe.»

«Prinzesschen, du hast doch wohl nicht etwa gehofft, dass der Lord sich in dich verknallt?», warf die Domina ein und gestikulierte wild. «Wie töricht kann man sein?»

Verletzt blickte sie Andrew an.

«Es ging die ganze Zeit um Erziehung, nicht um eine Liebesbeziehung», stimmte er der Domina zu.

Cassandra schluchzte, wischte ihre Tränen aber nicht fort. Sie waren ihr egal. «Ja, wie naiv, nicht wahr? Die kleine dumme Gans hat Gefühle investiert. Ich hätte es wissen müssen, von Anfang an. Alle haben es erkannt, nur ich nicht, weil ich es nicht wahrhaben wollte.»

«Ich habe dich nicht ausgenutzt.»

Er streckte seinen Arm aus, um ihre Schulter zu berühren, aber Cassy machte einen Schritt zurück und wich ihm aus. Das erste Mal duzte sie ihn. Ihre Stimme setzte immer wieder aus, weil sie weinte. «Das meinte ich nicht. Wir passen einfach nicht zusammen. So ist es nun mal! Ich habe komplett andere Vorstellungen als du. Gerne probiere ich alles aus, auch Praktiken, die krass sind und mich an meine Grenzen bringen, denn dadurch lerne ich mich selbst näher kennen, und es macht mir Freude, gemeinsam mit meinem Herrn meine Grenzen auszuloten und zu erweitern.»

«Wo liegt dann das Problem, Kindchen?» Deity stemmte ihre Hände in die Hüften.

Andrew hob eine Hand. «Schweig!»

«Gefühl, ich brauche Gefühl.» Bisher hatte die Freundschaft mit Derek gereicht, doch mittlerweile träumte sie davon, sich einem Dominus hinzugeben, der sie liebte. Mit der Kälte und Rücksichtslosigkeit, die der Lord in dieser Nacht gezeigt hatte, konnte und wollte sie nicht klarkommen.

«So toll, wie du bist, Andrew Callum Lord – du kannst mir nicht geben, was ich brauche.»

Aufgewühlt warf sie das Badetuch zu Boden, schnappte sich ihren Mantel und rannte hemmungslos heulend aus der Schwimmhalle. Erst als sie in ihrem Wagen saß, fiel ihr auf, dass sie ihre High Heels dort vergessen hatte. Aber sie würde eher den Teufel in der Hölle besuchen, als noch einmal dorthin zurückzukehren.

*

Das brauchte sie auch gar nicht, denn der darauffolgende Tag war die Hölle auf Erden. Die Sehnsucht nach Andrew war beinahe schmerzhaft. Cassandra heulte bis Mittag, schlief eine Stunde und begann erneut zu weinen. Sie öffnete ihrer Mutter nicht, die einer der Nachbarn ins Treppenhaus gelassen hatte und die an ihre Wohnungstür klopfte und nach ihr rief.

Pen rief an und erzählte dem Anrufbeantworter, dass sie mit Curt im Starbucks gewesen wäre, weil Cassy ja keine Zeit mehr für sie fand. «Sie haben doch tatsächlich unseren geliebten Pumpkin Spice Latte aus dem Sortiment geworfen, weil ihn nicht genug Kunden bestellt haben. Das ist unsere Schuld, bist du dir dessen bewusst? Weil wir nicht mehr hingegangen sind.» Sie räusperte sich. «Das soll kein Vorwurf sein, Liebes. Herrje, als ich frisch verliebt war, habe ich auch nur mit Curt herumgehangen. Ich will damit nur sagen: He, hier ist jemand, der gerne mal wieder etwas mit dir unternehmen würde. Du kommst ja kaum noch zu den Vorlesungen. Kapsel dich nicht völlig ab. Irgendwann verlierst du noch die Bodenhaftung. Das ist gefährlich.»

Verliebt? Daraufhin hatte Cassandra aus Frust bei Dominos eine Familienpizza und eine große Portion Eis bestellt. Als das Essen dann vor ihr stand, brachte sie keinen Bissen runter. Sie war nicht sauer auf Pen, schließlich sagte ihre Freundin nur die Wahrheit. Durch ihre Obsession hatte sie ihre Freunde und ihr Studium vernachlässigt. Sie hatte sich von Andrew abhängig gemacht und war auf die Nase gefallen.

Auch Derek rief an, und sie nahm nicht ab, sondern hörte nur mit, was er im lockeren Plauderton dem AB anvertraute: «Hast du Lust mit zum SM-Stammtisch zu gehen? Ich war letzte Woche seit Langem mal wieder da. Bin ja jetzt wieder auf der Suche.» Er lachte verlegen. «Jedenfalls soll ich dir von allen liebe Grüße bestellen. Sie haben nach dir gefragt, also habe ich ihnen vom dunklen Lord erzählt. Ich hoffe, du bist mir nicht böse, ist mir so rausgerutscht. Jedenfalls haben die meisten schon von ihm gehört. Er ist so was wie eine lebende Legende für SMler. Mary und Carl haben ihn sogar schon getroffen, und sie meinten, du solltest vorsichtig sein. Er spielt nicht mit dem Feuer, sondern er ist das Feuer, das waren ihre Worte. Ein wenig zu dramatisch, nicht wahr?»

Nein, das war es nicht. Der dunkle Lord war der dunkle Lord. Er hatte sich als riesengroßes Arschloch entpuppt. Aber wer war dann der Mann, der sie im Pavillon so gefühlvoll mit dem Floggergriff gefickt hatte? Der sich während seiner Arbeitszeit in seinem Büro die Zeit genommen hatte, mit ihr zu sprechen und seine Finger lustvoll in ihre Möse zu schieben?

Vom vielen Weinen und Grübeln hatte sie starke Kopfschmerzen bekommen und nahm gleich zwei Tabletten, in denen ein leichtes Schlafmittel enthalten war. Daraufhin verschlief sie den Nachmittag. Sie wachte erst auf, als es schon dunkel war. Träge schlurfte sie ins Badezimmer und machte sich frisch.

Als sie aus dem Bad kam und das Deckenlicht ausschaltete, stand sie einen Moment im dunklen Flur. Nur das schwache Licht der Lampe, die auf dem Beistelltisch im Wohnzimmer stand, zeigte ihr den Weg.

Cassy rieb sich die Augen und streckte sich. Gerade als sie an ihrem Schlafzimmer vorübergehen wollte, legte sich eine Hand von hinten auf ihren Mund und erstickte ihren Aufschrei. Ein Arm legte sich um ihre Taille und drückte sie an den Körper des Eindringlings.

«Keine Angst», flüsterte der Mann.

Sie erkannte ihn sofort. An seiner Stimme, seinem Geruch und der sanften Gewalt, mit der er sie in ihre Schranken wies. Andrew. Obwohl sie nun wusste, wer der Einbrecher war – sie hatte ihm selbst den Wohnungsschlüssel gegeben, das konnte man wohl kaum als Einbruch bezeichnen –, wehrte sie sich gegen ihn. Sie versuchte, seine Hand von ihrem Mund zu reißen, und schlug auf den Arm ein, der sie umschlungen hielt.

«Hör auf», sagte er scharf, und diese Schärfe machte sie wider Erwarten geil. «Ich werde dir jetzt etwas sagen und du wirst zuhören, ob du willst oder nicht. Ich werde dich dazu zwingen, weil es mir nicht leicht fällt, mein Innenleben nach außen zu kehren. Das mache ich nämlich so gut wie nie.»

Überrascht hielt Cassandra inne. Hatte er sie im Dunkeln von hinten überfallen, damit sie die Regungen auf seinem Gesicht nicht mitverfolgen konnte? Was verbarg er vor ihr? Vor dem Rest der Welt? Weshalb öffnete er sich ihr nach einer solchen Nacht?

Er atmete tief ein und sehr langsam wieder aus. «Ich habe etwas getan, was ich nicht hätte tun sollen. Diese Prüfung war eine Farce, noch bevor sie überhaupt begonnen hatte.»

Jetzt würde er sagen, dass es eine dämliche Idee gewesen war, sie einem Test zu unterziehen, weil er sie von Anfang an nicht hatte erziehen wollen. Er hätte sie konsequenter wegschicken sollen, sowohl auf seiner Party als auch in seinem Büro, dann wäre es erst gar nicht so weit gekommen. Cassandra schloss die Augen und bereitete sich innerlich auf die verletzenden Worte vor.

«Ich habe absichtlich extreme Praktiken ausgewählt», gab er zu. «Nicht etwa um dich zu prüfen, sondern um dich zu vergraulen.»

Also doch! Cassy hatte dies vermutet, war sich aber nicht sicher gewesen. Denn er hätte ihr Betteln um eine Erziehung auch einfach ignorieren oder sie barsch abweisen können. Aber er war erst während des Tests unfreundlich und kalt gewesen. Warum nicht schon vorher?

«Meine Absicht war, dich zu erschrecken», seine Stimme klang rau und tief, «dich zu verschrecken. Aber ich bin zu weit gegangen, habe dich schockiert. Ich hatte erwartet, dass du dich schon beim Anblick des Skalpells weigern würdest. Eigentlich hatte ich nicht vorgehabt, dich zu schneiden oder deine Haut zu durchstechen. Das gehört sozusagen in den Fortgeschrittenen- und nicht den Anfängerkurs.»

Er gab einen Kapitalfehler zu, er, der dunkle Lord. Cassy staunte mit jedem Satz, den er von sich gab, mehr. Sie hielt sich an seinem Arm fest und schob seinen Pullover ein Stück hoch, damit sie seine warme Haut spürte.

«Ich war ebenfalls schockiert, als die Nadel in dir steckte, weil ich nicht glauben konnte, was ich getan hatte, denn es war falsch.»

Deshalb war die Erektion, die er gehabt hatte, als sie das Labor betreten hatte, kurze Zeit später verschwunden. Hatte es ihn geil gemacht, sie wiederzusehen? Doch schon kurze Zeit später war die Nacht nicht so verlaufen, wie er sich das vorgestellt hatte. Schuld war ihr Trotz. Sie war starrsinnig geblieben und hatte gekämpft wie eine Löwin; damit hatte er nicht gerechnet.

«Ich mag extreme Praktiken.» Er drückte seine Hand nicht mehr ganz so fest auf Cassandras Mund. «Im Laufe der Jahre habe ich schon zu viel gesehen und erlebt, als dass mich ein einfaches Arschversohlen noch anmachen könnte. Aber Praktiken wie das Aufspritzen von Brüsten mit Kochsalzlösung erregen mir nur, wenn es die Sklavin ebenfalls geil macht.»

Das Fazit musste daher unweigerlich heißen: Sie passten nicht zusammen. Wieso tat diese Erkenntnis nur so weh, fragte sie sich.

Seine Hand drang unter ihren Sweater und strich sanft über ihren Bauch. «Und es braucht Vertrauen.»

Cassy dachte daran, wie sie ihn bedrängt hatte, sich mit ihr einzulassen. Sie hatte seine Abweisungen nicht akzeptiert, dabei hatte sie ihn nur einmal auf einer Party gesehen, wie er mit einer anderen gespielt hatte. Es hatte keine Annäherung stattgefunden, keine Gespräche über Tabus oder Ansichten. Andrew hatte der Dom aus ihren Träumen werden sollen, dazu hatte sie ihn auserkoren. Sie trug mit Schuld an diesem Desaster.

Zögerlich fuhr er fort: «Normalerweise behalte ich meine Gedanken für mich. Erst recht spreche ich nicht über Gefühle. Das hat mir bisher nur Kummer gebracht. Aber jetzt muss ich es tun. Ich möchte mich bei dir entschuldigen. Niemals hätte ich dir das antun dürfen, denn ich habe alle SM-Regeln über den Haufen geworfen. Du hast zwar eingewilligt, aber keine Lust empfunden, aber bei BDSM geht es um Geilheit. Sicher warst du zu jeder Zeit, aber ich war nicht bei klarem Verstand.»

Was redete er da? Es machte sie wahnsinnig, dass sie ihm nicht antworten konnte, daher versuchte sie, seine Hand von ihrem Mund wegzuziehen, doch er verstärkte wieder den Druck.

«Es hat mir imponiert, dass du im Schwimmbad – nachdem ich dich bereits über deine Grenzen hinausgetrieben hatte – nicht sofort das Weite gesucht, sondern deine Ansichten geäußert hast.» Ein Lächeln lag in seiner Stimme. «Gefühle und SM. Es ist schwierig das zu vereinen, denn jemandem, den man liebt, fügt man ungern Schmerzen zu. Außerdem kommen bei einer Beziehung allgemeine Paarprobleme hinzu. Und was geschieht, wenn der Herr seine Lustdienerin nicht mehr liebt? Sie hat sich vollkommen auf ihn eingelassen, ihr Leben nach ihm ausgerichtet, sich von ihm führen lassen – sich ihm ganz und gar hingegeben.»

Etwas Seltsames geschah in Cassy. Sie verspürte sowohl Sehnsucht, denn sie träumte von solch einer intensiven Hingabe. Aber da war auch eine innere Sperre. Sie wollte ihre Freunde behalten und ihr Studium beenden, arbeiten gehen, ihr eigenes Geld verdienen, ihren Kühlschrank selbst füllen und ihren E-Mail-Verkehr nicht bloßlegen müssen – all das musste ihr Herr ihr zugestehen, sonst würde es nicht funktionieren. Aber war das dann noch wahre Hingabe? Ihre Hingabe hatte Grenzen, so war es eben.

Andrew sprach leise weiter, als würde ihn die Kraft verlassen, weitere Geständnisse zu machen: «Die Sklavin würde am Ende der Beziehung zerbrechen. Ihr Leben würde in Scherben liegen, sie ihren Halt verlieren und womöglich zu dem Schluss kommen, dass der Tod leichter zu ertragen ist, als zurück in ein normales Leben zu finden.»

Vehement schüttelte Cassy den Kopf.

«Nein, nicht du», sagte er anerkennend. «Du hast das rechtzeitig erkannt. Andere nicht.»

Redete er von einer Sklavin, die er früher einmal erzogen hatte?

Er gab ihr einen Kuss auf ihre Haare. «Es gibt einen Unterschied zwischen Hingabe und Selbstaufgabe. Letzteres ist nicht wünschenswert, weil es oft krankhafte Züge annimmt. Aber manchmal merkt man nicht, wie jemand sich selbst aufgibt. Erst wenn es zu spät ist.»

Mit einem Mal war Cassy sich sicher, dass er eine Sklavin verloren hatte. Er klang so traurig. Am liebsten hätte sie ihn in den Arm genommen, aber er hielt sie immer noch fest. Offensichtlich hatte er noch nicht alles gesagt, was er sagen wollte. Mit den Fingerspitzen streichelte sie beruhigend die Hand, die auf ihrem Mund lag.

«Ihr Name war Linda. Es gab eine Zeit, da habe ich sie geliebt. Wir haben versucht eine 24/7-Beziehung zu leben, aber am Anfang war es nicht einfach. Es gab immer wieder Reibereien. Bis sie sich mir vollkommen hingab.» Er schnaubte. «Sie war eine Bilderbuchsklavin, richtete sich ganz nach mir, erfüllte meine Wünsche und hielt demütig aus, was ich ihr antat. Doch darin lag die Krux. Es wurde langweilig, und eines Tages stellte ich fest, dass ich sie nicht mehr liebte.»

Cassy ahnte, wie entsetzlich das Linda getroffen haben musste, wo sie doch Andrew zu ihrem Lebensmittelpunkt gemacht hatte.

«Als sie das erfuhr, riss es ihr den Boden unter den Füßen weg.» Er stöhnte, als hätte er Schmerzen. «Ich tat alles, um ihr zu helfen, aber meine Unterstützung war ihr nicht genug. Sie wollte mich! Aber mich konnte sie nicht mehr haben. Es war aus.»

Er schwieg eine Weile und fuhr dann atemlos fort: «Spaziergänger fanden sie in den Rockies. Sie hatte sich von einem Felsvorsprung gestürzt und musste sofort tot gewesen sein. Meinen Namen hatte sie sich kurz vorher in die Oberschenkel, den Bauch und den Busen eingeritzt.»

Cassy war wie versteinert.

«Ich nahm mir vor, nie wieder eine feste Bindung mit einer Sklavin einzugehen und keine Gefühle zu investieren.» Das Atmen fiel ihm schwer. «Aber dann bist du in mein Leben getreten und ich schwankte.»

Ein Ruck ging durch ihren Körper. Ihr wurde heiß.

«Ich wollte dich nicht näher an mich heranlassen, doch du warst zu verführerisch, weshalb ich mir diese unsagbar dämliche Prüfung ausgedacht habe. Wenn ich dich schon nicht wegschicken konnte, würde ich dich dazu bringen, von dir aus fernzubleiben.» Er lachte abfällig.

Was für eine skurrile Entwicklung! Der Lord hatte versucht, seine Schwäche mit Rücksichtslosigkeit zu kaschieren. Cassy konnte es nicht glauben. Kein Wunder, dass es ihm nicht leicht fiel, ihr dies zu gestehen. Er war gerade dabei, seinen Ruf als perfekter Dominus zu ruinieren.

«Das hat bestens funktioniert. Nur leide ich seitdem. Weil ich dir das nicht hätte antun dürfen.» Er machte eine Pause. «Und weil ich mich nach dir sehne.»

Endlich ließ er es zu, dass sie seine Hand von ihrem Mund schob. Sie suchte nach den perfekten Worten und wusste doch, dass sie sie nicht finden würde, denn sie war gründlich verwirrt. Eben noch hatte sie ihn verabscheut, jetzt begehrte sie ihn schon wieder. «Jeder hat eine zweite Chance verdient, oder nicht?»

«Wie soll das mit uns beiden funktionieren?»

Sie wollte sich umdrehen, doch er hielt sie fest und schmiegte sich an ihren Rücken. «Indem wir es langsam angehen lassen und sehen, wohin es uns treibt. Wir können ja mal zusammen ins Kino gehen.»

Er lachte leise und diesmal klang sein Lachen gelöst. «Ich habe ein Theaterabonnement. Auf dem hintersten Sitz auf dem Balkon wüsste ich schon, was ich dir befehlen würde.»

«Wahrscheinlich würde ich vom Theaterstück kaum etwas mitbekommen.»

«Gar nichts», säuselte er von hinten in ihr Ohr. Er küsste ihr Ohrläppchen, fuhr mit der Zungenspitze daran herab und streifte ihren Hals mit seinen Lippen. «Aber ich auch nicht.»

Sie legte ihren Kopf zur Seite, damit er sie besser liebkosen konnte. «Wo liegt dann das Problem?»

«Ich darf dich nicht überfordern, bin es aber gewohnt, dass es zur Sache geht.»

Cassy seufzte enttäuscht. Sie würde ihn nicht zufrieden stellen können, das sah sie ein.

«Ich habe mit Deity darüber gesprochen.»

«Mit Deity?», entfuhr es ihr erbost. Sie wollte sich losreißen, doch er drückte sie unnachgiebig an sich.

«Sie ist nicht die Harpyie, die du in ihr siehst.» Fest presste er seinen anschwellenden Schwanz an ihre Kehrseite. «In der Schwimmhalle hat sie bemerkt, dass ich mich längst in dich verliebt habe.»

«Verliebt?»

«Hör mir zu!», sagte er scharf und legte ihr drohend eine Hand an die Kehle.

Er hatte verliebt gesagt, Cassy spürte, wie Adrenalin durch ihre Adern schoss und ihr Mund sich zu einem breiten Grinsen wölbte.

«Sie meinte, wenn man nicht extremer werden kann, muss man sich auf seine Wurzeln besinnen», erklärte er. «Ich will dich, und da du nicht die Belastbarkeit einer erfahrenen Sklavin hast, muss ich zu meinen Anfängen als Dom zurückkehren.»

Andrew wollte sich zurücknehmen, damit sie zusammen sein konnten, das war sein Liebesbeweis.

«Ich bin nur geil, wenn ich Praktiken anwende, die dich geil machen, das haben wir beide letzte Nacht bereits erfahren.» Er roch an ihren Haaren. «Was meinst du? Können wir es schaffen?»

«Liebe ist ein starkes Argument dafür, es zumindest zu versuchen.» Sie spürte, wie er sich hinter ihr entspannte.

Doch plötzlich drehte er sie herum, presste sie mit dem Rücken gegen die Wand und schmiegte sich eng an ihre Vorderseite. Sein Knie drang zwischen ihre Schenkel. «Glaubst du nicht, das wäre jetzt der richtige Moment, um mir zu sagen, dass du mich auch liebst? Ich öffne mich dir wie ein Buch und du lässt mich zappeln. Das ist gefährlich, Sklavin.»

Er legte eine Hand unter ihr Kinn, hob es an und schaute ihr herausfordernd tief in die Augen. Sein Oberschenkel drückte auf ihre Möse. Das Prickeln, das dadurch entstand, ging ihr durch und durch. Trotz des diffusen Lichts konnte sie die Lüsternheit in seinem Blick erkennen. Das war der dunkle Lord, den sie kennengelernt und von der ersten Sekunde an begehrt hatte.

«Ich liebe Sie, Sir», antwortete sie gehorsam und aus vollem Herzen.

Er küsste sie so unvermittelt und leidenschaftlich, dass es ihr den Atem raubte. Seine Zunge drang tief in ihren Mund ein, er schmeckte so gut.

Sie hielt sich an ihm fest wie eine Ertrinkende und war berauscht von diesem einen Kuss; keine Session mit Derek hatte sie jemals in diesen Rauschzustand versetzt.

Andrew löste sich von ihr. Er hob sie auf seine Arme und trug sie eilig in ihr Schlafzimmer, wo er sie schwungvoll aufs Bett legte. Das Licht der Straßenlaterne vor dem Fenster erhellte den Raum gerade so weit, dass Cassandra sehen konnte, wie er seine Hose öffnete und sein steifer Schwanz heraussprang. Ohne Cassy aus den Augen zu lassen, streifte er ihr die Jogginghose von den Hüften und legte sich zwischen ihre leicht gespreizten Beine.

Er griff ihre Handgelenke, hob sie über ihren Kopf und drückte sie in ihr Kissen. Mit seinen Knien zwang er ihre Beine noch weiter auseinander. «Normaler Sex wäre doch ein guter, harmloser Anfang, finde ich.»

Kraftvoll stieß er mit der ganzen Länge seines Schwanzes in ihre nasse Möse.

Cassy bäumte sich vor Lust auf. Gott, fühlte es sich gut an, ihn in sich zu spüren. Endlich! Er war so hart, so fordernd! Sie wehrte sich spielerisch gegen ihn – Andrew Callum Lord, *der* dunkle Lord, ihr Herr – und dachte:

Oh Baby, mit dir wird Sex nie normal sein.

Nach «Gefangen» und «Viola – Tagebuch einer Sklavin» präsentiert uns Sira Raba ihren ersten Band mit heißen Kurzgeschichten! In ihrem dritten Buch geht es um SM-Göttinnen, menschliche Ponys und um das Feuer, das man zwischen Mann und Frau entfachen kann, wenn man sich seine Fantasien gesteht – und ausprobiert ...

Die junge Alina sucht die Erniedrigung und den Schmerz bei Jens, ihrem Dominus, doch immer wieder fühlt sie sich von ihm im Stich gelassen, wenn er sie der hemmungslosen Gier anderer aussetzt. Scham und schwindende Selbstachtung überlagern die kurzen Momente des Glücks immer häufiger. Im Strudel ihrer Gefühle erkennt Alina, dass sie längst süchtig ist, doch kann sie es alleine beenden?

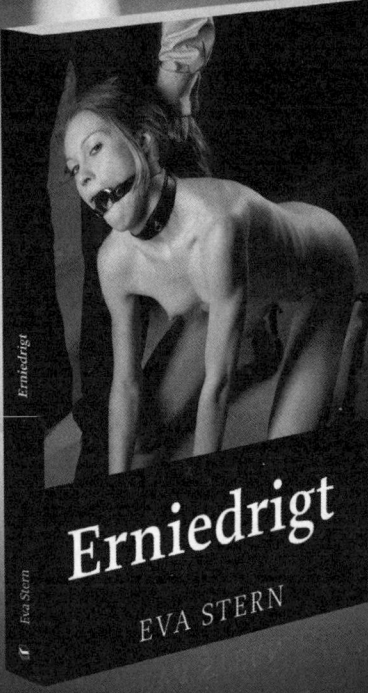

GEZÄHMT
SIRA RABE

Taschenbuch (TB)
13,5 x 21 cm, 176 Seiten
ISBN: 978-3-86608-148-2
13,90 Euro

ERNIEDRIGT
EVA STERN

Taschenbuch (TB)
13,5 x 21 cm, 144 Seiten
ISBN: 978-3-86608-142-0
13,90 Euro

Cosette selbst bezeichnet ihr achtes SM-Buch als ihr bisher bestes, denn die Geschichten sind noch kraftvoller, ausgefallener,
abwechslungsreicher und geiler als bisher.
Die Erfolgsautorin beschreibt mit geschickten Worten kleine
und große Ungeheuerlichkeiten und macht sie dadurch zu
einem intensiven lustvollen Erlebnis für ihre Figuren ... und
für ihre Leser.

SKLAVENHERZ
COSETTE

Taschenbuch (TB)
13,5 x 21 cm, 160 Seiten
ISBN: 978-3-86608-139-0
13,90 Euro

9 783866 081390

EROTIK

HANDZAHM
COSETTE

TB, 13,5 x 21 cm, 160 S.
erschienen Okt. 2009
ISBN: 978-3-86608-129-1
VK: 13,90 Euro

«Finstere Reise in den
Untergrund der SM-
Szene. Garniert mit span-
nendem Ideenreichtum
und ordentlich Dampf für
die Lustzonen!»
PO Magazin

EROTIK

UNARTIG
COSETTE

TB, 13,5 x 21 cm, 160 S.
erschienen Mrz. 2009
ISBN: 978-3-86608-109-3
VK: 13,90 Euro

«Unterhaltsam und phan-
tasievoll!»
Marquis
«Cosettes ansprechender
Stil bereichert das Genre
der BDSM-Literatur wie
kein anderer.»
roterdorn.de

EROTIK

DEMÜTIG
COSETTE

TB, 13,5 x 21 cm, 144 S.
erschienen Feb. 2008
ISBN: 978-3-86608-064-5
VK: 13,90 Euro

«Gänsehaut!»
KinKats
«Uneingeschränkt emp-
fehlenswert, ein wirk-
liches Lesevergnügen,
eine große Autorin mit
Phantasie und Können.»
Schlagzeilen

EROTIK

LUST
COSETTE

TB, 13,5 x 21 cm, 128 S.
zweite Auflage verfügbar
ISBN: 978-3-86608-063-8
VK: 13,90 Euro

«Erfrischend und stilvoll
umgesetzt.»
schattenspiegel.com
«Cosette gelingt es, mit
leichter Hand zu fesseln.
Und was der Titel ihres
Buches verspricht, das
hält er auch!»
Schlagzeilen

EROTIK

SKLAVIN IN GEFAHR
COSETTE

TB, 13,5 x 21 cm, 152 S.
zweite Auflage erhältlich
ISBN: 978-3-86608-048-5
VK: 13,90 Euro

«Cosette hat mit Sklavin
in Gefahr einen SM-
Roman hingelegt, der
innerhalb der SM-Szene
Klassiker-Potential haben
dürfte.»
mon-boudoir.de

EROTIK

GIFT FÜR DIE SKLAVIN
COSETTE

TB, 13,5 x 21 cm, 224 S.
erschienen Sep. 2008
ISBN: 978-3-86608-093-5
VK: 13,90 Euro

«Packende Kriminalge-
schichte und prickelnde
Erotik, gepaart mit
sado-masochistischen
Anleihen und jeder Men-
ge Sex. Da bekommt der
Begriff scharfe Story eine
völlig neue Bedeutung!»
grdb.de

EROTIK

DEVOT
COSETTE

TB, 13,5 x 21 cm, 128 S.
vierte Auflage erhältlich
ISBN: 978-3-86608-022-5
VK: 13,90 Euro

«Ein wahrer Leckerbis-
sen erotischer Literatur
der etwas anderen Art,
der aber Lust macht auf
mehr!»
gothicparadise.de

EROTIK

ERNIEDRIGT
EVA STERN

TB, 13,5 x 21 cm, 144 S.
erste Auflage erschienen
ISBN: 978-3-86608-142-0
VK: 13,90 Euro

Die junge Alina sucht
die Erniedrigung und
den Schmerz bei ihrem
Dominus. Scham und
schwindende Selbst-
achtung überlagern die
kurzen Momente des
Glücks immer häufiger.

EROTIK

STETS ZU DIENSTEN
TANITA ZEST

TB, 13,5 x 21 cm, 160 S.
erschienen April 2010
ISBN: 978-3-86608-133-8
VK: 13,90 Euro

«Mit Einfühlungsver-
mögen und raffinierter
Handlungsführung gestal-
tet. Ein aufregendes Le-
seerlebnis.» **erotische-
geschichten.biz**

EROTIK

GEZÄHMT
SIRA RABE

TB, 13,5 x 21 cm, 176 S.
erste Auflage erschienen
ISBN: 978-3-86608-148-2
VK: 13,90 Euro

In ihrem dritten Buch
geht es um SM-Göttin-
nen, menschliche Ponys
und um das Feuer, das
man zwischen Mann und
Frau entfachen kann,
wenn man sich seine
Fantasien gesteht.

EROTIK

GEFANGEN
SIRA RABE

TB, 13,5 x 21 cm, 144 S.
zweite Auflage erhältlich
ISBN: 978-3-86608-097-3
VK: 13,90 Euro

«Ein echter Leckerbis-
sen!»
Schlagzeilen
«Sira Rabe ist der neue
Star in der Fetisch-
Szene!»
PO Magazin

EROTIK

**VIOLA – DAS TAGEBUCH
DER SKLAVIN**
SIRA RABE

TB, 13,5 x 21 cm, 160 S.
erschienen Sep. 2009
ISBN: 978-3-86608-111-6
VK: 13,90 Euro

«Nie langweilig, der
Ideenreichtum scheint
bei Sira Rabe unbegrenzt.
Ein SM- Roman voller
Romantik , den ich allen
nur empfehlen kann!»
ladys lit